Seba · 蝴蝶

Seba · 蝴蝶

蝴蝶館 31

血族與我

Seba 蝴蝶 ◎ 著

elegantbooks

寫在前面

「血族」是獨立故事，所以不要試圖在我過往的任何作品尋找關連性了。

這部我要用安達充的梗。@_@//

這是一個發生在平行世界的架空故事。（嚴肅）

只是剛好有個星球很眼熟，剛好也叫地球。這個地球上也有個小島，更剛好的叫做台灣。隔了一個太平洋，還有個美國，有個城市叫做紐約，很湊巧的發生過911，並且有自由女神像。

就是這麼非常剛好的雷同，和我們生活的地球簡直一模一樣，只有細節不同。

（簡單說，就是我想扔開資料的束縛，痛快的寫，所以不要跟我抓bug，反正安達充化了……）

故事就這樣展開了……@_@y

楔子　在女神的看護下

我以為我住在現代的紐約，事實上還是有若干差距。

照門牌號碼來看，我的確住在美國紐約市，憑窗還可以看到遙遠的自由女神。但我來紐約一年多了，卻連一句「How are you」都說不清楚。閱讀更不用提了，連芝麻街都看不懂。

事實上，一年前的春天，我冷得發抖的下了飛機，讓我老爸的租賃公寓管理人接到我老爸的家以後，就開始獨立生活了。抵達紐約的時候，我英文說聽讀寫的能力等於零，一年以後，還是一樣等於零。

我老爸？喔，他死了。這就是為什麼我在紐約的原因之一，卻不是全部的緣故。

據說他的故居很值錢，但我完全不懂。他在美國從花花公子當到花花老爺——非常吝嗇的浪子——跟我媽離婚以後就沒再婚了，我猜他非常珍惜安靜又逍遙的生活……以至於過世後除了我以外，沒人可以繼承遺產。

其實我是同情他的。我媽的嘴從來沒停過，直到她過世才讓她的舌頭休息。但我不會說我聽力受損是她的緣故——最少不是直接的原因。

離題了。

總之，我老爸舒適的公寓沒有其他人住，唯有我。但老爸生前委任的租賃公寓管理人很能幹的負責修繕、合約和其他我不了解的東西，管理一片據說有三、五十個房間的廉價公寓。此外他還僱了一個清潔女佣，每個禮拜來幫我打掃一次。

我跟女佣相處得很好……但對我的英文能力沒有絲毫幫助——她是巴基斯坦人（大概吧）……連ABC都不認識。但她很聰明，比手畫腳就能溝通了，果然肢體語言才是真正跨越一切種族的語言。

但我生活並沒有什麼不方便，相信我。這世界上有個叫做網際網路的東西，剛好我家裡有部電腦。唐人街的許多商店都趕上這波潮流，何況快譯通雖然詞不達意，但要購買一些生活必需品也不算太難。

雖然管理人凹了不少租金，但的確維持我一個小康的生活。何況自從他的同事拖了個翻譯來告訴我管理人貪污這件事情，我除了驚嘆美國人果然大不相同，但也只是告知管理人來龍去脈。

他倒是會說一點中文，只是……你知道的，華裔青年能夠問安和問價錢已經太強了，這個還滿複雜的，我花了不少時間才讓他明白。

管理人臉孔整個刷白，我心平氣和的說，「李德，我不在乎。但你別讓同事知道這事，也不要讓我過得太窮困。」

他之後租金就沒凹那麼多了，其實已經夠我生活，甚至我還可以在博客來偶爾豪奢一下，訂一大箱的書。

我雖然在紐約生活，但幾乎足不出戶，過著和在台灣時沒什麼兩樣的日子。你知道網路是沒有國界的，雖然我才三十，但我覺得這樣自我掩埋在公寓裡，其實算是相當不錯的生活。

我不想學英文，因為我不想跟人溝通。

但偶爾，我食物供應不上、或實在厭倦那種假中國食物時，我會步行五分鐘去附近的韓國人商店買點東西。一個月大約一兩次吧？

但每次出門都會被搶。第一次驚慌失措，後來就習慣了。這些搶匪也不是真的很想殺人，有的只是想要一點小錢吃東西或想買毒品。後來我跟韓國商店的老闆達成協議（花了很多力氣），我去買東西記帳，回來就用ATM轉帳給他，這樣我可以少損失很多。

但我還是會帶一點錢，十塊或二十塊美金吧？搶匪搶不到錢會抓狂，有錢就和善了。有回五分鐘的路程我被搶了兩次。語言不通我又怕得要死，先搶過我的搶匪居然冒出來大聲呼喝第二個搶匪，他們還打成一團，第一個搶匪還把我的空皮包搶回來，遞給我。

人性還是有良善光輝的。

但也不是每個歹徒都這麼善良啦！不過因為我總是穿著廉價的衣服，容貌和身材都是歐巴桑等級的，搶我搶習慣的搶匪，還說我「very poor」，我還以為他說我很窮，後來才知道他們覺得我很可憐。

說起來，搶匪比強暴犯真的好太多了。

但我很倒楣的，在語言不通又人生地不熟的小巷，聽到一聲絕望的呼救。

四下張望，居然沒有半個人，連搶匪都沒有。極小的巷道，幽暗光線中，我看到兩個人在滾。

一般來說，遇到這種狹小巷道，我會刻意離遠點，也會隨身帶著雨傘。被搶和被強暴是兩種不同層次的暴行，對吧？被搶我可以當作是手段比較激烈的乞討，但被強暴……我終究沒到慈航普渡的慷慨，對吧？

在我意識到之前，我已經衝上前，一面大叫，一面對著正在撕女孩衣服的混帳揮出我的雨傘。

我想他是被我嚇到了，也不是故意要傷我。只是一回手，我就讓他手裡的刀劃到手臂。我和他都被血嚇壞了。他轉身就跑，那個幾乎癱瘓的女孩看著我的手尖叫……

也跑了。

幽暗的窄巷滿地垃圾和廢棄物，舊報紙被風吹得亂飛。我按著手臂，默默的警告自己再也不要管閒事，低頭想走出去。

但我的腳踝一緊。

大約是下午四、五點，但天色非常昏暗，隱隱滾著雷。我勉強嚥了口口水，試著掙脫，卻像是個腳鐐般銬得死死的。

我小心翼翼的往下看，先是看到我的長裙，和握住我腳踝的男人（？）。

他正在舔我噴濺在垃圾堆和牆上的血。據說人類的舌頭很長，但我沒想到可以直抵胸口的長。而且正常人類……應該不會脖子幾乎扭到後背，還能夠這麼強而有力的握著我的腳踝吧？

其實我應該尖叫或者昏倒，但驚駭超過了一定強度以後，以上兩者都辦不到。

所以我看他慢慢的把頭扭到正常位置，像個染血的破布娃娃般站起來……先是慢慢舔乾淨我不斷流血的手臂，然後把手臂搭在我肩膀上，眼睛炯炯有神的看著我。

我總懷疑藍眼珠的人有視覺障礙。但看起來他不但沒有，還冷冷的笑了笑，露出正常人類不該有的長虎牙，聲音很好聽的講了一堆。

「……我不會講英文。」我渾渾噩噩的說。

他詫異的看了我一會兒，「傻女，我會講中文。」他踉蹌了一下，用一種包著毒藥的甜腔說，「帶我去妳家。」

開玩笑，我只想把他扔下，狂奔著逃跑。但我的手和腳似乎有自己的意志，完全不聽使喚，居然扶著這個又重又高，很明顯不太算是人類的傢伙，往我家的方向走去。

之一　外國的女神比較冷酷

我陷入一種極度恐慌又束手無策的情況。

「為什麼是我？為什麼？」我開始喃喃自語，「路上那麼多年輕漂亮的金絲貓，為什麼是我？天啊，我連英文都不懂，一個月才出門一次，被搶就算了，為什麼偶發善心都有錯呢？我做了什麼啊我，為什麼是我……」

他的手用力了一下，痛到我立刻熱淚盈眶。但我沒辦法停下，這說不定是遺傳自我媽那兒的喋喋不休，一受刺激就變本加厲。

「你到底是什麼？不，你不要告訴我，你千萬不要告訴我你是吸血鬼。雖然你有長虎牙又舔血，但你沒咬我脖子，表示你不是吧？我聽說有種心理疾病叫什麼嗜血症，你不要跟我說英文叫什麼，因為我聽不懂，有病你該去看醫生，為什麼要找上我呢？我只是個可憐、連英文都不會講的中國女人……」

他的眼神很奇怪，一副非常詫異的樣子。「閉嘴。」他有些發悶，「奇怪，我傷得比想像中重嗎？催眠失效？」

失效？我好想哭出來。我四肢都不聽使喚，這樣催眠還失效？「……能不能把四肢還給我？它們都不聽我的話了……」

「我說，閉嘴！」他更沒好氣的說，「若催眠成功，妳會安靜而且愉悅的帶我回妳家。」

說不定這樣比較好。「那拜託你，要施展催眠術就施展全套好嗎？你這樣只有半套……我覺得好可怕。」我哭了起來。

「……拜託妳閉嘴並且不要哭。」他無力的讓我扶進家裡，倒在我乾淨的沙發上，很好，沙發布都讓血漬毀了。我該怎麼跟李德說呢？他派工來換沙發布的時候？我怎麼解釋？

總不能說我MC噴得到處都是吧？

「過來！」他傲慢的抬頭。

我抗拒了很久，但四肢都不聽話。好不容易擺平了腿和右手，受傷的左手卻硬扯過去，我猜我的動作看起來很詭異，跟左手拔河。應該也很好笑，因為那隻該死的東西笑了。

他伸出舌頭開始舔我已經凝結起來的傷口，像是在找一個最好的角度，我痛得尖叫一聲，他的虎牙咬進了胳臂的動脈。

「不～我不要當吸血鬼～」我慘叫了，「我不知道去哪兒弄新鮮的血漿啊～紐約什麼都貴，說不定血漿是天價啊～救命啊～」

……他居然嗆到了。

我不確定吸血鬼會不會嗆死，但他咳得像是要把肺咳出來。等我搞清楚，才發現他狗吠似的聲音是在狂笑。

他深深吸了幾口氣，又舔了舔我的傷口，這才放手。「被吸個幾口血不會變成吸血鬼的。」

看他抬眼，我趕緊摀住脖子。

「……別一副我想強暴妳的樣子。」他的語氣有些輕蔑，「我只在美女脖子上吸血。」然後從腳打量到頭，鼻孔裡冷哼一聲。

我鬆開了手。不太確定要覺得慶幸，還是一拳揍在他鼻子上。

血鬼，你可以來把他趕走嗎？」

這只會有兩個結果。第一就是因為我可悲的美國公民身分，被押入免費的精神病院；第二就是李德決定來看看，吸血鬼先生不知道會怎麼對付他……或對付我。

頹然的放下話筒，身後傳來深沉而冰冷的聲音，「原來妳真的不會講英文。」

我嚇得跳起來，吸血鬼先生無聲無息的出現在我身後，穿著我的浴袍。西方女人可能會覺得很可口，我只覺得雞皮疙瘩唰得全體站立。他腿上的毛長到要用梳子來梳理了，胸口還冒出金黃色、濃密的毛。

絕對不能吐出來，不然可能會觸犯吸血鬼先生。不管他臉孔長得多英俊，金髮多漂亮，身為一個東方女人，我實在無法讚美一隻未進化動物。

「妳不滿意妳看到的？」他叉著結實的胳臂，似乎很不滿。

「……審美觀不同。」我將眼神飄開，真有無語問蒼天的倒楣感。

為了抓著我的下巴面對他，我的脖子差點扭傷。我兩眼無神的瞪著他的臉，他的眉毛也是金色的，只是顏色比較深。

「是哦。」他的聲音模糊起來，帶著那種有毒的甜腔嘶啞，深深的看進我眼睛。

我覺得虛軟無力，但還有辦法護著自己脖子。

但他擰緊眉，那種虛軟的感覺又消失了。「……我不懂。」

「什麼？」我踮著腳尖，希望不要因為被抓著下巴而窒息。

「我居然沒辦法百分之百催眠妳。」他的眉毛都要打結了。「妳應該很軟弱才對。」

「……可以放開我嗎？」踮這麼久的腳尖，我的小腿都在發抖。「我真的很軟弱，而且一直很想哭。」

他終於大發慈悲放開我了，然後在我的公寓裡走來走去，拉開每一扇門。我連正眼都不敢看他一眼。我的浴袍他穿實在太短，短到比羅馬戰士還短。

我討厭男人……雖然我性取向正常。男人是一種恐怖的生物，雖然女人也不見得比較好。

他很大方的逛完我家之後，打開主臥室的衣帽間。「就這兒吧。白天我要在這兒入睡。」

「……啊?!」我慘叫起來，「你……？不想走？」

「不歡迎？」他眼神冷酷起來。

「不是那麼的……」我含糊的回答，但看他虎牙露了出來，我就很聰明的閉嘴了。

他就這麼大方的闖進來，而且住在主臥室的衣帽間。甚至還開了張單子和一張信用卡，以及一個保險櫃的號碼。

「我需要衣服和某些必需品。」他泰然自若的說，「妳去取來。」

「……為什麼我要去啊?!」我叫了起來。

「如果我催眠成功，妳只會一臉傻呼呼的去做。」他遺憾的搖搖頭，「我的傷應該太重了，還不能出去亂晃。」

「我不要去！天啊，我不懂英文你聽不懂嗎？我連公車都不會搭……」

「我幫妳叫計程車。」他的聲音冷酷起來，「妳不去也行。我也不排斥把妳吸乾，然後去控制隔壁的漂亮女孩。二選一，妳要哪個？」

當然啦，我也可以逃跑。但要跑去哪？我在紐約是盲聾啞三重苦人士。

我乖乖照這位羅斯先生的意思去跑腿，帶著翻譯機去滿頭大汗的溝通。買衣服沒有大問題，但那個位於銀行的保險箱，裡頭居然是個手提小冰箱，打開來，滿滿的血漿。

我聽說有人會對討厭的主管茶杯裡頭吐口水，若無其事的泡茶。我是很想這麼做，但血漿是密封的。

實在很想祈禱，但媽祖跟我隔了一個太平洋，平常我又沒跟上帝博感情。抬頭看著自由女神，我拿出兩個二十五分的硬幣，想要擲筊一下。

我想就算是西方神，也應該會保佑紐約市民吧？

但我問羅斯先生會不會滾蛋，卻連連擲了二十個怒筊。

我也快怒了，真的！

＊　＊　＊

垂頭喪氣的，我還是設法攔了計程車回家。雖然我試圖拿地址給司機看時，差點讓他緊張過度的掏出槍，大致上還算順利的回到家。

果然人要衣裝，吸血鬼也不例外。衣裝整齊時，看起來順眼多了。但我實在忘不了他毛茸茸的四肢和胸口，我只想到大蜘蛛腿上的毛，雞皮疙瘩一直退不掉。

我若想要毛茸茸的觸感，我會去抱一隻泰迪熊而不是男人。我不是說男人必須要刮腿毛，但最少也不要到需要梳理的地步，胸口更應該光滑，而不是長滿讓我反胃的胸毛。

東西方的審美觀差異性居然大到這種地步。

他倒是很大方，我不知道是西方男人臉皮厚，還是吸血鬼沒有羞恥這種東西。他很自在的「用餐」，打開電視來看，還自行使用我的ＤＶＤ。像是他才是主人，我是被他僱用的女佣。

我悶悶的退守書房，決心寫幾個大字安定心情。書法就是有這樣的功能，當你全心全意的灌注在毛筆上，就會忘記客廳裡坐了個不速之客，像是喝利樂包一樣的喝血漿，種族還是罕見的吸血鬼。

我自己臨摹學習已經有段時間了，但字就是軟趴趴的沒有絲毫精神。不知道是不是危機激發了潛能，居然有模有樣的寫出點東西，大約是我到美國以來，寫得最好的一次。

我正在寫「山在虛無縹緲間」的「間」字時，「方塊字？」

他又無聲無息的出現在我身邊，讓我的手大大的一抖，毀了我最好的作品。

我不知道該拿硯台砸破他的頭，還是該把宣紙撕成兩半。

「這個『間』好像寫錯了。」他還有臉批評。

殺千刀的洋鬼子吸血鬼！

我從一數到十，又從十數到一。確定自己把殺意藏得很好，才緩緩抬頭，「羅斯先生，請問有什麼事嗎？」

他用藍色的眼珠注視著我，看得我坐立難安。

「我們可能還要相處一段時間。」他嘆氣。

真是壞消息。「然後呢？」我敷衍的問。

「我討厭醜陋的東西。」他真是單刀直入。

「大門沒鎖。」我精神為之一振。

「他們可能還在街上找我。」他輕描淡寫，「所以我要住上一陣子。」他拉起我一綹頭髮，「妳從不上美容院？」

我把頭髮客氣的搶回來，「沒必要。」我來紐約只去過一次。去的時候精疲力盡，美髮師和我雙雙飽受折磨，最後剪了一個可怕的髮型回來。乾脆留長省事，只是有點難看而已。

「要我天天對著妳，就有必要。」他換成那種嘶啞的甜嗓，「待霄，不要動。」

……老天，又是這種半套的催眠術。我意識清醒無比，但四肢不聽使喚。

等他拿出我修髮尾的剪刀時，我就尖叫了。

「不怕頭髮掉進嘴裡，妳就盡量叫。」他也不囉點什麼，就動剪了。

只好把眼睛和嘴巴都閉上，省得吃到自己的頭髮。如此無助的時刻，普通人會做什麼？

我猜只能祈禱吧？但我一句聖經都不懂，這個時候跟上帝攀交情似乎有點白目。媽祖又天高皇帝遠，想來想去，還是只能跟自由女神祈禱。

等他拿著剃刀獰笑著靠近我時，我臉孔的血液大概都流光了。

「我只是要幫妳修眉毛，不是要割妳喉嚨。」羅斯先生皺起眉。

自由女神在上，若我能熬過這一關，腦袋還能好端端的擱在脖子上，我一定鮮花素果的遙拜您老人家。

「我的眼睛……還很重要。」我閉緊眼睛，好怕他一個失手，我就得失明。

「妳的膽子到底有沒有兔子大？」他又嘆氣，仔細又折磨的慢慢修我宛如雜草的濃眉。

等他完工，我已經緊張到快癱瘓了。二話不說，他就把我拎進浴室，「我洗還是妳洗？」

「我！我自己洗！」我趕緊說，看他一副躍躍欲試的樣子，這根本不是可怕可以形容了。

等我沐浴完畢，穿著浴袍趕緊衝去換衣服。他在外面不耐煩的敲門，我只能找件連身裙胡亂的套進去，省得他真折了我的門。

他自稱非常虛弱，但他嫌棄沙發和地毯的血漬，單手就抬起沉重的沙發，並且把

「……你撕了我的衣服。」我破碎的啜泣起來，過往的創痛一起湧上，像是清澈水底的腐敗淤泥。

「我道歉，好嗎？我不會對妳怎麼樣了，別挖我眼睛和咬我，可以嗎？」

我哭著，勉強點了點頭。他鬆手，我趕緊爬開坐起來，縮成一團。他向我伸手時，我反射性的用手臂護住頭。

頓了一下，羅斯遲疑的問，「妳常挨打？還是被強暴過？」

我覺得頭暈，心跳過快，並且極度乾渴。我沒有辦法控制我的顫抖，只能緊緊的抱住自己，指甲幾乎陷入肉裡。

「嗯？」他蹲在我面前。

「……我要喝水。」我連上下牙都控制不住，拚命發出噠噠的輕響。

「妳說我就去端給妳喝。」

「……都有。」這種時候，眼淚反而乾涸。我只覺得我抖到快搖散了每一塊骨頭。明明知道那個男人跟我隔了一個太平洋，而且他找不到我，我還是恐懼得如此歇斯底里。

羅斯安靜了一會兒，去端了杯水，但我大半都灑到外面，最後是他端著杯子讓我慢慢喝，我才寧定一點。

「……我道歉，實在我餓很久。」羅斯像是想起身為紳士的禮節，輕輕握著我的手，「血族的食欲和性欲是綁在一起的。」

我畏縮了一下。

「妳有獅子的心，」他的語氣居然有些敬佩，「雖然只有兔子的膽量啦。」

這個時候，我還真聽不出是恭維還是諷刺。

他做了個請的手勢，示意我到沙發上坐。我不想刺激他導致猛獸化，坐了下來，當然他也毫不客氣的挨著我坐下，還握著我的手。

羅斯的態度轉變得太快，我有些糊塗。他的手很大，但居然有點硬繭。我以為會冰冷毫無溫度……雖然的確是比正常人的體溫低，有一種溫涼的感覺。

「我以為吸血鬼沒有溫度。」我衝口而出。

「親愛的，我是血族，不是人類轉化的吸血鬼。」他的語調有些惱怒，「跟那些活死人可不相同。」

我怎麼會知道？我又沒見過其他吸血鬼或血族。

「血族的父母都是血族。」他解釋，「人類轉換的吸血鬼就比較複雜，也沒有生育能力。」

哇嗚，血族與吸血鬼生態大解析。「吸血鬼的誕生和血族脫不了關係吧？」

羅斯支吾了一會兒，「……只能說是很久以前的一個惡作劇和錯誤。後來是他們自己『繁衍』的。」他露出厭惡的神情，「一群只曉得食欲，專門找麻煩的傢伙。」

在和我交談的時候，他一面舔我身上的擦傷，並且輕輕推拿瘀血的地方。眼神有種陷入回憶的朦朧。

我心底微微一動。「……你的中文哪裡學的？」

「香港。」他簡短的回答，看起來不喜歡我再問下去，他改變話題，「是誰將兩種暴行放在妳身上的？」

我愣住了。都過去一年多了，沒想到只是輕輕觸及就很痛。我想笑一笑轉開話題，但沒有成功。我真的很需要傾訴，雖然這樣很蠢。

清了清喉嚨，「我前夫。」仔細想想，真的是很老梗的災難，一點都不特別。「我跟他戀愛五年，他一直是個斯文有禮的醫生。結婚以後……」我聳肩，「他只要喝醉酒就徹底走樣。」

我的母親很嘮叨，管我也非常嚴格。但她倒下的時候，我還是驚慌失措，因為她是我唯一的親人。但她從發病到過世，只有一個月，我大學畢業不久，完全的不知所措，一點心理準備也沒有。

她是那樣嚴格而挑剔，以至於沒有任何親戚往來。我五歲的時候，她就離婚了，在我們這兩人小家庭中，「爸爸」這個詞是禁語，我也幾乎沒有想起過他。

所有的喪事，都得由我一肩扛起來。

前夫正好是那家醫院的住院大夫，他幫了我很多忙，後來我們就開始交往了。當時的我還很保守拘謹，堅持不可以有婚前性行為。我們就這麼純潔的交往五年後結婚了。

但新婚之夜，我卻沒有落紅。

「呃，他是醫生，其實也應該明白。」我試著跟洋鬼子解釋，「但某一小部分的東方男人還有處女情結。」

「我知道。」羅斯嚴肅的點點頭，「我在香港住了五年。但我不太明白人類這種莫名的崇拜是怎麼來的，很不可思議。」

「我想他很失望吧。」我勉強笑了笑，「所以蜜月的時候就酒醉揍過我一次……我哭著跑去急診室，半邊臉都腫了。」

他把我跪回去，但下次喝酒就更精細而暴力。他會用被子把我裹起來，然後才拳打腳踢，然後……非常粗暴的……那個。完全不知道怎麼辦，天一黑下來，我就恐慌得幾乎想逃走。不知道今天是良人還是狼人。

「其實很多女人都默默忍受這種暴力，還有人忍了二、三十年呢。」我短短的笑了一下，「但我只忍了半年多，終於有一天，我爆發了。」

我的反擊大概讓他忍不可遏，但我揮舞著菜刀，逼他逃回房間。長久累積的怒氣讓我瘋狂砍門。然後我轉身，再也沒有回去了。

只是我居然接到一紙傳票。畢竟他有傷單，我沒有。

後來的混亂我實在記不太清楚了。我幾乎放棄一切，包括我媽名下的房子，才庭外和解和離婚。這團混亂也幾乎毀了我的工作，上司暗示要我自己走路。

正走投無路時，我前夫發現，所有權狀和現金不會幫他洗衣服煮飯，也不能讓他當沙包和充氣娃娃，就裝得一臉懊悔的求我復合，天天來公司吵鬧。

在我考慮要不要乾脆自殺的時候，我老爸的律師找到了我。

紐約？太好了。隔了一重太平洋。我連行李都沒有帶，落荒而逃似的上了飛機。

「這不是妳的錯。」他輕輕的摩挲我的手指。

熱淚湧了上來。其實全球都有許許多多的受虐婦女，程度比我嚴重的非常非常多。我很幸運，真的。命運真的善待我。

只是，我還是免不了恐懼人群，沒辦法回到社會。是我自己膽子太小，不能早點反抗。是我……是我太脆弱。別人可以熬得過去，我卻走不出來。

這時候就覺得洋鬼子的摟摟抱抱惡習滿不錯的，羅斯輕抱著我時，我想這是一種禮節，可以放心的靠著哭一會兒。

*　　*　　*

之後我們的關係就沒那麼緊張。

我很訝異血族也有同情心這種鬼東西，雖然他不免態度高傲，但會盡量放軟聲音。其實說這些事情我很懊悔，但我自己無法面對，我必須找個人傾訴。

最搞笑的是，我媽管我管得那麼嚴格，以至於我幾乎沒有朋友。我老想該去找個心理醫生，但醫生說英文，而且由於前夫的職業，我現在看到白袍就會跳起來。

沒想到我居然對個血族傾訴這些陳舊的傷痕，有夠神經的。

不過，等我開始習慣羅斯以後，他說他要走了。我居然有點依依不捨。

只有一點點啦！

羅斯最後拉了拉我的頭髮（之前還在我手臂咬了一口），很瀟灑的揮揮手，走出我的公寓，我猜也走出我的生命。

當然是很特別的一次邂逅，不過當天我冒著被搶的風險，跑去韓國商店買了蘋果和花，實在訂不到香，所以我買了一個香精燈聊表心意，遙祭靈驗的自由女神。

因為我腦袋還在脖子上面，才可以安全的回憶這段不平凡的經過。飲水總是要思源的。

但就這樣。我相信他不會再回來，畢竟我們生命的交集是因為偶然，他的傷好了，我付出很多血換他的傾聽，兩不相欠。

至於自由女神給我的十八個笑筊，我決定置之不理。

我不是美女，若我有驚人的美貌說不定還斷不掉這種孽緣。但我不是，我甚至沒什麼特別之處。我前夫會對我感興趣，是因為我單純、看起來容易控制。大學剛畢業的女孩子，還很愛美，我那幾年幾乎沒有吃飽飯的記憶，身材完全是餓出來的。

任何一個願意餓到幾乎斷氣的女孩子都能保有那種身材，但漂亮的身材、精緻的裝扮，並不能讓我遠離被毆打的命運，也不保證幸福快樂。

羅斯走了以後，我終於正式面對這段，那真不是什麼好受的記憶。我之後會覺得在紐約隱居的生活很棒，或許就是因為我對人類的信賴全面崩潰所致。很多相干或不相干的男人或女人，老愛問我，「妳是做了什麼導致他那樣？」

可憐之人必有可恨之處，對吧？

當時我真的很憤怒沮喪，但現在可以釋懷了。人類有許多相異之處，但也有許多地方驚人的相似。你相信嗎？五十年前打老婆還是男子氣概的表徵，中西文化都一樣。

人類，我是說接受文明洗禮的人類，對這種無能為力的暴行毫無辦法，一定要找個合理而且讓自己安心的理由，好保證自己（即使是自我安慰）不會有相同的處境，不管成為加害者或受害者。

為了讓受害者閉嘴，別再說出更多殘酷，就只好說，「妳一定也有什麼責任，不然不會遭遇到如此慘酷的待遇。」

脆弱的人類。

可能是，我終於可以對人毫無保留的訴說（即使對象是個吸血鬼……好啦，血族），我也終於能夠看清楚、並且體諒。

但我不想原諒真的。其實那些人也不希罕我的原諒，沒有人受到損失。

也可能是，我這樣孤絕的生活了一整年，唯一足以相伴的人只有自己，所以我深刻的觀察自己，並且以己推人，所以我對「人」的推理能力也變好了。

所以我相信羅斯不會回來了。他會對我另眼看待，我猜是在香港的某人所致。

他第一次對我說話時說，「傻女，我會說中文。」

我也看周星馳的電影，有時候只找得到粵語版。「傻女」是廣東話。在我看來，血族可能是進化過程太過超前的突變人類，基本上是沒差很多的。一個男人，會在什麼狀況下喊另一個女人「傻女」？

能讓他這樣高傲的血族去學中文，而且還講得很溜，我想是個才貌兼具、令人印象深刻的女子。照他那樣憐惜又懷念的傾聽我的倒楣，我猜那個女子也有相類似的遭遇。

很純粹的移情作用。

但看看我，看看現在的我。自從我決定不再挨餓以後，我的身高減體重剛剛好一百。一年多沒再碰過任何化妝品。我常覺得我連人的標準都搆不上了，還想抵達女人的標準？

想太多了。

這是現實生活，不是羅曼史小說。更何況，我前夫就是個帥哥。我現在看到任何帥哥的第一反應是想把他摔出我三尺之外，要不是我打不過羅斯，大概他也會被我踹出大門。

我很滿意現在的生活，真的。我看影集、電影、寫寫書法，最近重拾畫筆試著畫武俠漫畫。我不用為生活發愁，不用擔心賣不賣得出去。我貼在部落格上，漸漸有些讀者，精工細刻自己愛做的事情，我比太多人都幸福了。

或許十年二十年後，我會覺得這種生活不能滿足我了，那也是以後的事情。現在我沒有心情去面對人群……我還沒準備好。

可以體諒那些無心的傷害，但我還沒準備好承受另一些新的傷害。

羅斯說得對，我的膽子沒有兔子那麼大。

但我真不該忽視自由女神那十八個笑笑的。

我更不該覺得住在十樓就很高，或者相信事實上一點都不可靠的窗鎖。而且我終於了解到，血族男人跟人類男人相差甚遠，差得最遠的就是會緬懷個沒完沒了。

脖子被咬痛到驚醒，而且那個大塊頭就壓在身上，並不是什麼美好的經驗。

「住手，住手！」我的兩隻手都被抓住，羅斯氣急敗壞的聲音讓我驚醒，「別把我的眼睛挖出來！」

……我以為我永遠不用看到他了！

「你為什麼三更半夜跑來當採花賊？」我嘶聲罵著。

我不該用太深的辭彙，他追問了十分鐘什麼叫做「採花賊」，這白痴血族。

「我不是！」他抗議了，「我是來……怎麼說？那個怎麼講？buffet？」

「……自助餐?!」我整個光火了，「你把我當成自助餐?!」

他聳了聳肩，英俊的臉孔充滿了理所當然。「這是合理交換，我當妳的心理醫生。」

「……你去死吧！」我拚命掙扎，「這次我一定要挖出你的眼睛！」

「不要動，」他含毒似的甜嗓，「待霄，別動。不會痛的，很快……」

騙鬼啦！誰說不會痛？剛刺下去的瞬間痛死了啦！但我中了他兩光的半套催眠術，只能不斷咒罵的讓他取用「自助餐」。吃完還意猶未盡的舔半天。

絕望的看著窗外的自由女神，她根本沒有庇佑紐約市民嘛！

這個時候，我非常想念媽祖娘娘。

之二　唐人街的媽祖婆

李德最近常打電話給我。

當然，他中文進步很多，這大概是他那個大陸女友……對不起，前女友……的調教所致。很不幸的，李德算得上是英俊，也算有點小錢，可惜他已經快四十了，比他年輕多金的猛男，紐約隨便抓也一大把。

之所以我知道會有很多帥哥猛男，都要歸咎於羅斯糟糕透頂的「飲食習慣」。為了雙方的性命安全，羅斯和我懇談了幾次。他不想因為我抓狂失去眼珠（任何一隻），我不想他惡劣的「攝食」在貧血之前先死於驚嚇，所以妥協還是有必要性的。

「妳說，我是不是妳的朋友？」他狀似誠懇，「妳知道我不願意多傷性命，難得妳可以接受事實……」

「我幾時變成你的朋友？」我覺得太陽穴隱隱跳動，「那根本就是脅迫……」

「妳在我懷裡哭過欸，」他一臉的受傷，「人類怎麼這樣，過橋拆河……」

我想我的青筋也浮出來了，死洋鬼子，不會用成語就別用。「過河拆橋。」

「妳看，妳自己都承認了。」他理直氣壯的指責我，「妳以前不是有捐血的習慣嗎？妳就當作捐給我就好了，還可以促進新陳代謝……」

「……捐血頂多一個月才一次，一次兩百五十ＣＣ！」我暴跳了，「你一個月要我捐四次，每個禮拜都來！」

「我有控制啊！」他大聲抗議，「加起來大概就兩百五十ＣＣ。老喝冷冰冰的血漿很難受好嗎？偶爾我也會想喝熱的……」

「我不是你的保溫瓶，他媽的！」

結果他追問了半天什麼是「他媽的」。我真的很想死一死算了。

最後勉強達成協議。他要來就要從大門按門鈴，不准跳窗。而且，不可以咬我脖子，頂多手臂讓他咬一口就是了，我拒絕那種生命太受威脅和過度親暱的「刎頸之交」。

「咬脖子看不到妳的臉。」他居然好意思抱怨，「咬手臂就會看到，妳又不肯去整型。」

我真的要抓狂了。「……拜託你去找個年輕漂亮的buffet，老娘有蟹足腫問題，傷口容易長蟹足腫！」

「老娘？老母親？」他一臉困惑，「蟹足腫是什麼？」

……該死的洋鬼子！下地獄去吧！

在我發狂之前，終於讓他懂了。他非常遺憾，「看起來只能從化妝著手了。」所以在他「吃飯」之前，還要花時間在我臉上塗塗抹抹，後來玩出興致，他還拖我到處逛夜店，說要讓「buffet」心情愉快，血的味道才會好。

「……我不會喝酒。」奇裝異服，頂著不透氣的妝坐在吧台不知道有什麼樂趣，最少我看不出來。

「不會喝酒不會抽菸不化妝，妳連咖啡和茶都不喝。」他發牢騷，「妳身體裡頭沒幾樣化學物品，完全不像個紐約人。」

我發現，自從認識這個吸血鬼（好啦，血族）之後，我額角的青筋就常出來和我相見歡。

後來他介紹幾個人類好友給我認識，我才知道紐約的青年才俊這麼多。但他們在那邊飆花式英文的時候，語言不通的我只能悶悶的喝蘇打水。

「查理問妳是不是埃及人。」有回羅斯這樣講，親密的摟了摟我的肩膀。

我撥開他的手，「我就說過不要把眼線畫得像是打青了眼睛！」

「妳是不是女人？」他抱怨，「妳現在漂亮得很，像是……比較肥美的埃及豔后。」

……我猜我是神經線出現裂痕，因為我把那杯蘇打水帶冰塊澆在他腦袋上面。

他非常生氣，可能是同時激發飢餓，他把我拖去一個隱密的小包廂，就朝著我的手臂咬下去。我只能把左手施捨給他，撐著臉等他「吃完飯」。只是他們血族的食欲和性欲綁在一起，他吃完比平常還多的分量，我有點頭昏眼花之際，他開始沿著手臂又親又舔的。

「你幫我貼的假指甲似乎堅固又耐用。」我把手按在他眼眶旁，警告著。

他大概清醒了一點點，「……我為什麼要幫妳貼假指甲？」

作繭自縛吧我想。「呃，外面應該有許多女人巴不得讓你『臨幸』。」我設法說得含蓄，「我可以等你……然後再送我回去。」

「什麼是臨幸？」他一臉迷惑。

……我確定一件事情。我絕對不會跟洋鬼子交往。

所以我知道紐約人才輩出，以前看CSI紐約篇還覺得很唬爛，哪來那麼多派對。現在我才知道，紐約富豪真的多到派對舉辦不完。

當然，我又離題了。

總之，一個廉價公寓管理人要跟這些青年才俊比拚真的太辛苦了，李德那個出色的大陸女友非常自然的琵琶別抱。

失戀是很痛苦啦，雖然他們交往也沒兩個月。但李德突然對我產生了高度興趣。

當然，我不是往自己臉上貼金。李德會突然關心我的生活，最大的緣故是我會乖乖待在家裡，不但不懂英文，看似單純，又有一筆不錯的嫁妝。

人雖然遜色，嫁妝卻很不壞，他可以全得，多好。這是很容易摸透的心思，我也不是討厭他。但他和我前夫都是屬於同一類的男人。沒到手還可以相處，萬一到手就難看了。

我只有外貌看起來很單純，但我並不是笨蛋，怒氣爆發起來非常可怕。我前夫不了解，李德大約也不懂。大約只有羅斯知道我的真面目。

不過我沒太拒絕李德的邀約，偶爾就像是公事一樣出門吃個飯，而且我都堅持要出錢，省得像是矮人一截，給人一個話柄，多不好。

羅斯就算了。那個混帳血族。他喝了我多少寶貴的血，夜店又不是我要去的，他把我拖出大門，就得付帳。魔鬼才付得起那種紙醉金迷的鬼地方。

我覺得我處理得還可以，可惜李德不這麼想。他更熱情的邀約，偶爾還旁敲側擊。一個禮拜應付一個羅斯就很煩了，又多個李德。我真不是交際花的材料。

但我也不能太不給面子，這就是人際關係最煩的部分。李德管理我父親的遺產，從另一種意義來說，算是我的衣食父母。而且在他們房地產管理公司裡頭，他是唯一會講中文的管理人。

所以李德問我禮拜天要不要出去走走時，我沒有拒絕。「唐人街好嗎？我還沒有去過！」我客氣的問。

的確，我常常買唐人街的東西，但都是透過網購。事實上，唐人街在哪個方向，我完全不知道。

「噢，可憐的女孩。」李德親暱的說，「我真不該將妳拋在公寓裡這麼久。」

我全身的雞皮疙瘩都冒起來了。

「……聽說唐人街有媽祖廟。」我乾笑兩聲，「我想去拜拜。」

雖然和李德的信仰衝突，但他還是盡責的把我帶去唐人街了。

站在媽祖娘娘面前，我感慨萬千。在台灣的時候，我信仰並不是這麼堅定的。但離鄉背井，人一整個脆弱，反而更依賴神明。

自由女神不保佑我這紐約市民，只好指望出生地的媽祖娘娘了。我抽了一支籤，老廟祝看了半天，我們倆用英文和中文溝通無效，幸好他會講閩南語，雖然口音很重，我聽了半天，總算弄懂他的意思。

媽祖娘娘安慰我，緣分就是緣分，要我好好珍惜。簡單說，「認命吧孩子。」

我覺得還滿絕望的，因為我問的是羅斯幾時要滾蛋。

我的手臂好幾個咬痕。理論上，被吸血鬼（好啦，血族）咬過的傷口通常都會很快痊癒……但那是別人。我很容易產生蟹足腫，受傷都會留下難看的疤痕。早晚有一天，會有人以為我吸毒，一手的針痕。

就算不為了健康，也該為了美觀。我不服氣，在案前擲筊。連續十個笑筊，我就手軟了。

連媽祖婆都幫不到我，我真的很傷心。

為了平復心情，我們逛了一下唐人街，還吃了晚飯。

呃，當然，唐人街很「中國風」，不過是洋人眼中的「中國風」。可能選擇的中國餐館不夠貴，吃起來我有種哭笑不得的感覺。

這也叫中國菜唷？不如我自己在家用電鍋蒸肉丸子還比較像。

不過李德吃得很開心，也算是賓主盡歡。

等他送我回去的時候，已經八、九點，算晚了。一下車，我就覺得不太妙。因為羅斯突然出現在公寓樓下的大門口，面籠寒霜的喊，「待霄！」

李德突然牽住我的手，這可是從來沒有的事情。我趕緊掙脫，但羅斯的眼睛幾乎要噴火了，李德也瞪著他。

……這個場景有點奇怪。

清了清喉嚨，「李德，這是我的……」我該怎麼介紹？食客？「我的……朋友羅斯。羅斯，這是幫我管理租賃的李德。」

「幸會。」

「很高興認識你。」

他們倆軟軟的握了握手，幸好文明人的面具沒有剝落。

「今天很愉快，謝謝你，李德。」我點頭致意，羅斯環上我的肩膀，被我拍掉了。「晚安。」

「待霄，不請我上去坐坐嗎？」李德異乎尋常的大膽，「我怎麼不知道妳有這麼樣的……『朋友』？妳要知道，壞人很多。」

……你又不是我爸，我交什麼朋友還要你核准？雖然我也不想承認羅斯這渾球是我朋友，但我對這種虛弱的控制欲也非常反感。

當然不是不能體諒，他以為十拿九穩的「資產」要跑了（雖然是誤會一場），但體諒不代表接受。

「太晚了，我想休息了。」我扯出一個假笑，「緣分這種東西很難講的。」

羅斯再次環住我的肩膀，「我們要休息了，下次吧。」我想用手肘把他頂開，但他下定決心的時候，我像是在推塊大石頭。他唯一的弱點大約是眼睛，但我又不夠抓狂。

李德一臉失意，「……我不會放棄的。」含情脈脈的看了我好幾眼，才踉蹌的走了。

我只覺得我全身的毛髮都一起豎起來……你可以說是創傷後症候群，順便也殺死了我所有的浪漫細胞。但我既然沒有成為連續殺人魔，拜託讓我保留一點「浪漫過敏」的自由吧。

關上樓下公寓大門，我用力把羅斯的豬手拿開。我還沒發難，他倒是惡人先告狀，「他是誰?!」

「……我說過了，就管理人啊！」我真的要氣死了，「你明明禮拜三才來過……」

「妳身上都是他的味道！」他居然吼我欸。

輕得幾乎聽不見的腳步聲，在我家徘徊，似乎往主臥室去了。不，不是羅斯。自從他認定主臥室的衣帽間，偶爾在我家過白天的時候，還是會睡在那兒。

所以我搬來客房睡，而現在是凌晨兩點。

呼吸聲也不像。羅斯的呼吸比正常人悠長，這呼吸聲太淺快，而且不只一個人的聲音。

我因為聽力問題，去看過醫生。結婚之後，我越來越聽不清楚別人說什麼。但醫生做過詳細檢查後，很感興趣的說，我的聽力不但沒問題，而且比一般人靈敏許多。唯一的例外是語言的部分。

人類的聽覺雖然不如動物，能聽到的範圍還是很大的。但大腦無法處理所有的聽覺資訊，所以許多不重要的雜音都會被剔除，這就是所謂的「白噪音」。這就是為什麼有些耐受力比較強的人可以住在機場附近，或在高分貝的鋼鐵廠工作。因為他們會把這些驚人的噪音過濾掉。

雖然醫生希望我再去複診，找出這種把語言當作白噪音的關鍵，但我當時的丈夫卻非常生氣，被揍過一頓以後，我就沒再去看醫生了。

現在回想，我猜是因為創傷後症候群的關係，我無意識的設法隔絕「語言」的傷害。但我聽其他的聲音一點問題都沒有，甚至特別靈敏。

所以我確定的知道，家裡有多名入侵者，照這種輕巧敏捷的腳步聲，不太像是人類的範圍，反而比較像是羅斯那種生物。

他們進入主臥室了。

我悄悄的爬起來，竭盡所能的輕手輕腳。客房有個很醜的防火緩降器，以前我一直想拆掉，幸好我覺得太麻煩所以沒拆。

將緩降器的繩索扣在身上，嚥了口口水，我背起皮包，小心翼翼的打開窗戶，並且緩緩的、往下降。

當初李德跟我解釋這個緩降器的用法時，我還覺得不耐煩呢。好在我還是認真聽了。

十樓真的很高，我一路都對媽祖和自由女神祈禱。等我腳到地時，幾乎癱軟了。

之後該怎麼辦，我也還不知道。就算在路上被搶匪攔住，也好歹是人類。在家就真的坐以待斃了。

解開扣環，我鬆了一口氣，回頭一望……

一張慘白的臉孔，從客房的窗戶望著我，果然不是羅斯。更糟糕的是，我覺得十樓太高，但他們可不覺得。

他們居然就這麼跳下來了。

我大叫一聲，轉身就跑。但跑不出幾步，我就被抓住了。那是一隻很冰、很冷的手。只是一拉，我就痛得尖叫，肩膀整個頹下來，我想是脫臼了。

他們在笑，說著我聽不懂的話。有個人還輕浮的拍我的脖子，我很想動，但可能中了催眠術，動彈不得。

我只聽得懂他們提到羅斯。

真的還滿心灰的，我還以為羅斯真的是我的朋友。結果我只是激怒了他，他居然叫這些冰冷帶死氣的傢伙來抓我。

他們的聲音，漸漸成了白噪音，我開始「聽不見」了。然後痛感也消失許多，甚至連催眠術的束縛都能夠抵抗了。

我猜我是把所有的感官都關到「低」的指標，雖然有點莫名其妙。但我右手可以動，兩條腿也開始聽我使喚。或許等他們放鬆警戒，我有逃走的機會。

他們可能在爭辯什麼吧？聲音聽起來很不愉快。有個人把我推倒，但又有人把我扶起來。最後有個大塊頭把我像破布袋一樣扛在肩上。我沒有抵抗，時機還沒有到。

但在他們進一輛九人小巴之前，羅斯卻突然出現了。

……他真的那麼生氣嗎？連等手下回報都捨不得？

「待霄，」他的聲音意外的柔和，「下地的時候可能有點疼，妳忍著點。」

我還沒搞清楚他的意思，月光下有著什麼東西爆炸了，紅紅白白的東西噴到我臉上，我真的被摔下地。

原本扛著我的大塊頭，脖子以上完全不見了，不斷的噴著血，倒在地上抽搐。

接下去的事情，實在太超現實了。我想是我下意識的把感官都開到最低，所以沒有馬上發瘋。

我算清楚了，總共是五個入侵者。整場打鬥過程……其實沒有什麼打鬥，說真的。應該是單方面的虐殺吧？

一分鐘？兩分鐘？我不知道。我只知道有個入侵者試圖拔起電線桿，卻被羅斯不知道用什麼手法斷去四肢、砍掉腦袋。還有一個入侵者扛起路邊的福特扔到羅斯身上，但他單手就破開整輛轎車，零件和汽油撒得到處都是。

最後他把那個對他扔轎車的傢伙，撕成兩半。好像很簡單的四個字，「撕成兩半」。但真的發生在眼前，看著血液狂噴，內臟從破口不斷的掉出來……

這是瘋子才會有的夢境吧？

他拖著像是破抹布似的第四個入侵者，神情張狂而愉快，深深的吸嗅空氣中濃重令人作嘔的血腥味。最後倖存的入侵者連動都不敢動，像是被蛇盯上的獵物。

羅斯將破抹布般的傢伙扔到倖存者身上，極度邪惡的一笑，他傲慢的說了幾句話，指了指我，又冷笑。

倖存者抓著破抹布……我是說他的同伴，不斷的點頭，然後像是一抹陰影般快速的飛奔消失。

……這個極度殘暴的怪物，會是傻呼呼的羅斯？我不相信。

他就這樣站在漂蕩的血海中，夜風吹得他的風衣獵獵作響。在蒼白的月光下，浸潤滿血腥的他，有種詭異的美感。

非常殘酷的美感。

我接收情感的部分還在「低」的這個刻度，有點麻木。所以等屍首和血漬都風化消散，羅斯比較清醒的蹲在我面前時，我沒有狂叫著逃跑。

他手上的血跡化成赤紅的沙，眼白還有瘋狂的痕跡。他大張著藍得驚人的眼睛，輕輕的扶著我的臉。

「嗨，待霄。」他的聲音太高亢，似乎還沒從血腥的狂熱中褪下來。

「嗨，羅斯。」我渾渾噩噩的回答，魂不附體似的。

他伸出舌頭，舔著我的額頭，我才發現剛剛被推倒時有些擦傷。他的虎牙沒有縮回去，大約是剛剛的激戰讓他很飢餓。他貪婪的舔過我的額頭和手腳的擦傷，在脖子上摩挲。

我覺得臉孔僵硬，但也沒有閃躲。應該說，剛剛過度超現實的血腥，讓我把情感接收的部分調到最低。以前我前夫最討厭我這樣，超過一個限度，我就會面無表情，像是整個人都空了，怎麼打也不會有反應。

我猜，這有點像保險絲，讓我不會輕易的發瘋。

「待霄……」他在我耳邊低喃，虎牙擦過耳垂，「我很想要。」

「但我不要。」我冷靜到幾乎超出常理，「我的左手脫臼了。」

他停了下來，虎牙更長，但燃燒的不是食欲或情欲，而是憤怒。瞳孔緊縮，「……他們弄傷妳？」

我聳了聳肩，但只能聳右邊。其實脫臼應該痛死了，但我所有的接收器都休眠了。

他幫我接回去，「……我居然沒發現。」

「因為更強烈的情感主宰了你。」我胡亂的點頭，「謝謝。還有，我之前失言了，不該去戳你的傷口。對不起。」

羅斯強迫我看著他，「妳怕我了嗎？待霄？」

「現在不怕。」我誠實的說，「我好像把所有的保險絲都燒斷了。總之現在我既不害怕，也不會痛。」

他研究似的看著我，眼中的瘋狂漸漸散去。我想他可能是雙子座的，很容易轉移注意力。

唉，我又開始想些不相干的東西，離題離很大。

「我抱妳回去？」他扶著我的背問。

「好。」我麻木的點頭，「其實，憑你的力氣……根本不用怕我挖你眼睛。你一根小指就可以碾死我。」

他把我横抱起來，毫不費力的。「對付吸血鬼跟對待人類怎麼相同？妳會用打拳擊的力量去抓一隻蝴蝶？我沒那麼殘酷。」

我看著破成兩半的福特轎車和歪斜的電線桿，以及已經風化得差不多的屍體。

他說他沒那麼殘酷。好吧，我猜他不知道「人貴自知」這個誠實的成語。

「這些……」我指指身後，「是你的同族？」

羅斯板起臉，「這些是低等的吸血鬼，我是血族！他們被稱為Vampire，我們血族可連人間的名稱都沒有，徹底隱匿在歷史背後！誰像那些沒腦的傢伙……造成多少麻煩，還說不想服侍高貴的血族……」

……貴族和農奴的戰爭？但我不想多問。

「你這麼厲害，怎麼還會受傷？」我趕緊轉移話題。

他整個臉都沉下來，「……雖然都是些廢物，但被五百隻廢物圍攻，我也會感覺棘手的。這些低級廢料為了誘捕我，可是花了一整州的兵力和不少工夫力氣的。」

……五百隻吸血鬼是吧？我懂了。

我一整個冷靜，還可以沐浴更衣，上床睡覺。甚至洗過澡的羅斯臥在我被上，我都沒趕他，自顧自的昏睡過去。

睡到中午才睜開眼睛，其實震撼感應該比較退了。但接收器通通一起接通，我才為時已晚發出淒慘的尖叫，抖個半死。

雖然知道叫也沒用，但我控制不住自己。

最後我結結巴巴的叫了計程車，只能說，計程車行的總機一整個強，我那樣破碎又破爛的英文居然聽得懂，還能派車來。我上計程車的時候還像是發瘧疾，司機接過我寫得如鬼畫符的地址看了半天，「唐人街？」

我只能拚命點頭，他擔心的看我一眼，用最快的速度把我送了過去。

沒等他找錢，我就憑著印象跑進媽祖廟，用最虔誠的心，又抽了一支籤。一整個不放心，我還連擲三個聖筊才確定。

別說我迷信真的。你要遇到我這樣超現實的經歷和邂逅，也會跟我一樣。

找到籤詩，我就哭了。

籤首是：「關帝君巧馴赤兔馬※。」

不用人解我也看得懂，但是拜託啊，我不想當這隻倒大楣的赤兔馬啊！

「媽祖娘娘，」我哭著默問，「關帝君不會是那個衝鋒陷陣的羅斯吧？」

聖筊。

「不～他是吸血鬼……好啦，血族，而且真的很可怕……」我哭得更厲害，

「赤兔馬不會是我吧？」

聖筊。

「別拋棄我啊，媽祖娘娘～」我簡直想號啕大哭了。

笑筊。

※籤詩是我捏造的，不用去找這一張了……

不騙你，我一路哭著回去，深深哀悼我美好安靜的隱居生活，恐怕一去不復返。

之三 喔，我的上帝哪！

我真的不知道羅斯在搞啥。

他光明正大的回來，像是什麼事情都沒有發生。理直氣壯的占據衣帽間，順便占據了我的主臥室。

如果陽光可以拿進來，我真的很想拿去衣帽間讓他灰飛煙滅。但是，他不但占據了我的衣帽間，還抬了一個豪華的西式棺材在裡頭。

白天他在裡頭舒服的睡他的大頭覺，晚上就出來騷擾我。我不是說他很吵，他就算醒來也是自己在屋子裡晃，我的冰箱有大半都冰著血漿，每天打開來像是恐怖片，還有奇怪的送貨員一臉淫穢的送這些「快遞」。

「我的名字其實應該改做『節制』。」面對我的抗議時，他只聳聳肩，「不確保食物充足，難保我餓過頭會……雖然妳沒化妝真的完全不能看。」

瞪他了五秒鐘，走進書房，關門、上鎖。雖然上鎖也沒什麼用，但我只是想表達我極度不滿的心情。

我決定在我的武俠漫畫裡頭安插一個西域來的吸血大魔頭，名字就叫做羅斯。但等我這麼做以後，我就後悔了。因為讀者好評如潮，都拜倒在這個外表英俊、內心殘暴嗜血的王八蛋足下，連我忍住噁心畫的胸毛都不能阻止讀者的熱情，頻頻要求我幫他加戲。

這個世界真的病了。

「……你到底還要住多久?!」忍無可忍，我爆發了。

「哈尼，等我住厭了就會走。」他敷衍的一點都不加掩飾。

「我不要你住在這裡！」我對著這傢伙尖叫，「你連房租都不付……」

我不該說這句話的。他開了一張足以住上三百年高級住宅的支票，最糟糕的是，這張支票不是芭樂票。

「……你到底想怎樣啊？」我真的抓狂了。

他想了一下，「取食buffet比較方便。」

我除了進書房摔門，好像也沒有其他辦法。

但我覺得奇怪。事實上，我應該看到他就拚命發抖，對吧？畢竟我親眼看到他極其殘暴的罪行。不過，他這樣一副傻乎乎的樣子，我開始懷疑那天晚上所見是錯覺或惡夢。

對一個追著妳問什麼是「人貴白知」的死洋鬼子，要怎麼徹底的畏懼他呢？我辦不到。

而且我們相處的時間很短，他大約六點起床，而我九點就睡了。我知道在我入睡以後他會外出，但我才不想管他去哪裡。

只是每個禮拜來幫我打掃的巴基斯坦女佣，一臉疑惑的從浴室角落拿了些紅沙給我看，我才覺得有點不妙。

「……羅斯，這是哪來的？」我把裝著紅沙的保鮮袋扔給他。

他聳肩，很馬鈴薯的癱在沙發上，正在看海綿寶寶。「妳說哪來的呢？親愛的。妳又不是沒見過。」

這是逼我面對現實，對吧？

「……這是吸血鬼風化過的血？」

「沒錯。」他挑了挑眉，露出有些迷醉的笑，「既然學不乖，就要給小寶寶們一點教訓。」

「羅斯，我是人類。」我決定把話說清楚，「我不想跟你的世界有所牽扯。」

「唔……好像有點來不及了。」他泰然自若的轉台，「我跟小寶寶們『懇談』過，不過他們相信既然我又有了弱點……就不再是那個無敵的吸血鬼劊子手了。」

……等等，等等。這當中似乎有著什麼重大誤會。

「弱點？」我逼視著羅斯，他卻把眼神飄移開。「……羅斯！」我吼了起來。

他掏了掏耳朵，「我聽覺非常靈敏，妳不用這麼大聲。」

「他們為什麼會想抓我?!」我壓著不肯去想，但好像不能不面對了。

他對碰著手指，將臉別開。「呃，我的攝食對象通常是……怎麼說？**One night stand**？除了香港的蘭……我幾乎沒有在同個女人身上吸食兩次以上。」他抱怨起來，「結果這女人除了讓我咬一咬手臂，連床都不跟我上。我的魅力有這麼差嗎？……」

容易被轉移注意力的是他這白痴血族，不是我。這套對我沒用。

「……你立刻給我滾出去。」我猜我的臉孔已經發青。

「就說來不及了呀。」他對碰著食指，「我不能讓妳變得跟蘭一樣。」

「……什麼？」

「她變成了吸血鬼。」

……我做錯什麼了我？為什麼會變成這樣?!

但他鬼祟又飄移不定的眼神……絕對還瞞著我什麼。我撲上去，抓住他的前襟，「……不只這樣對吧？我問你，那天晚上……你為什麼放走活口？你跟活口說什麼?!」

他乾笑兩聲，趁機將我一攬，但我按著他的眼眶咬牙切齒。「冷靜一點，待霄。我以為那樣講他們就會害怕嘛，哪知道他們更像螞蟻一樣拚命爬來……」

「你，到底說了什麼？」我真恨不得挖出他的眼睛。

他清咳一聲，說了段英文。

「講中文。」我從牙縫裡擠出話來。

「……我說妳是我的……」他又清了清喉嚨。

「pet？」

「有點接近啦。」他轉頭想了好一會兒，「喔，對了，可以這樣講……我正在『臨幸』妳。」

我想我是抓狂了。幸好吸血鬼（好啦，血族）的傷好得很快，我的指甲又短。而且，我沒真的把他的眼珠挖出來。

我們又吵了一架，他這該死又兩光的血族，又用半套催眠術這種賤招，距離我兩臂遠跟我爭辯。

真的很想揍他。居然把我拖進這團混亂中，而且還趕不走。我完全拒絕去想媽祖娘娘給的籤，我比較相信人定勝天。

看到我掙脫催眠術，他嚇得抓起椅子，像是馴獸師一樣，四隻椅腳對著我，「我真不懂，為什麼妳就是催眠不了？妳就不能乖一點嗎？哈尼？」

「誰是你哈尼?!」反正他還想吃buffet，也不可能宰了我。雖說有點小人，但我仗著這點撒潑，「有種就別逃！」

「中文真是莫名其妙，我一直沒搞懂『有種』是有什麼種……」他咕噥著。

……我真的受夠了。為什麼對我有興趣的，不是為了我的嫁妝，就是為了我的血。而且都是該死的偽洋鬼子或洋鬼子。

正在七竅生煙的時候，電鈴突然響了起來。

當然不是找我的，開玩笑。李德要來之前會打電話，除了他，我不認識紐約任何人類。

「去開門啊。」我重重往沙發一坐（其實我也累了），「大概是送貨的。」

羅斯表情很奇怪的放下椅子。「我是血族。」

他說這廢話幹嘛？「去開門啦，一定是你訂的……『食物』。」我不想再看到那個滿臉淫邪的送貨員。

「我想也是，但送貨的是吸血鬼。」

……原來。他居然讓吸血鬼送貨員送到家裡來，難怪快遞都是晚上送貨。

「那又怎麼樣？」我已經氣到虛脫了。

「妳想想看，我堂堂一個血族，自己開門去收貨？」羅斯為難的攤手，「給我留點面子啊，待霄。我是讓吸血鬼服侍的血族欸，大家都知道我跟人類女人住在一起……我怎麼好自己去收？」

我覺得我的神經線再次出現裂痕。「……去開門！不然放著讓電鈴響到爛掉好了。送的又不是我的食物！」

震怒的時候，羅斯很難催眠我。他為難了一會兒，只好垂頭喪氣的自己去收貨。但卻好一會兒沒講話。

到底是誰來了？

我轉頭想看，但他塊頭實在太大，遮住了視線。我只聽到幾句交談，但聽起來不太像英語。

「亞伯，」羅斯終於說話了，「在我們家必須說中文。」

那個叫做亞伯的訪客安靜了一會兒，語氣聽起來很不可置信，「……你跟蘭又在一起了？」字正腔圓，捲舌音正確清楚，我猜是在北京學的。

「不、不是。」羅斯讓了讓，「目前我的……呃，愛寵。」

……謊言！

我握緊拳頭，但沒有發作。亞伯先生可不是傻乎乎的羅斯。

他跟羅斯差不多高，但比較瘦一些，穿著剪裁得宜的深藍西裝，同樣的金髮藍眼。他……怎麼說？整個就是玉樹臨風，氣質絕佳。我在路上遇到他，一定以為他是溫文儒雅的學者，怎麼也疑不到血族身上去。

羅斯站在他身邊，簡直成了流氓。

「要哪種血？」羅斯翻著冰箱，「O型？」

「我用過餐了。」他客氣的回絕，「給我一杯茶好了。」

沒等羅斯開口，我就自動站起來，「我去泡茶。」亞伯先生給人的壓迫感非常重，而且我幾乎是本能的感覺到他很討厭我。

羅斯可能可以讓我隨便抓隨便踹，這位亞伯先生可不行。我還是識相點，暫時當什麼鬼「愛寵」好了。

「你總是喜歡東方女子。」亞伯含蓄的說，「我那兒也有幾個。你想認識一下嗎？長得還不錯。」

「哦，亞伯，」羅斯厭惡的說，「我不喜歡你的『家畜』。」

「我很疼愛她們。」亞伯輕笑，「但她們終究是人類，我們是血族。」

「那是因為你活太久了，不知道什麼是愛，只剩下食欲了。」羅斯大剌剌的批評。

亞伯好一會兒沒說話，「我在追求羅馬尼亞那對姊妹，她們是純正血族。」

「那對連笑都不會笑的雙胞胎？」羅斯嘆氣，「亞伯，我不知道你喜歡冰箱。早說啊，我送個兩台過去。」

「你用中文說笑話的功力越來越高了。」亞伯淡淡的說。

我突然不知道怎麼款待「貴客」。一直都是獨居，我找不到足以待客的茶杯。乾脆把整套茶具搬去客廳，羅斯沒打亂我生活之前，我都是這樣泡著功夫茶消磨夜晚時光的。

沒辦法，我家裡沒有成套的茶杯，只有這個。

不過這兩個血族沒有抱怨，甚至有些稀奇的用著小茶杯喝著我泡的茶。

「很好。」亞伯總算正眼看了我一眼。

「謝謝。」我幫他再斟一杯。

但也就這麼一眼。之後他目不斜視的和羅斯閒聊，像是我不存在。

「……凱希望你回來。」亞伯對著羅斯說。

「繼續當劊子手？」羅斯輕笑一聲，居然有些無奈。「記得嗎？我任務失敗，已經沒有當劊子手的資格了。」

「只要你殺了蘭就可以。」亞伯平靜的說。

「我辦不到。」羅斯回絕，「讓別人去殺她吧。」

「她是三百年來最好的劊子手教出來的女人。」亞伯直視著他，「不管是人類還是吸血鬼的時候。」

我的手抖了一下，差點把茶濺出來。

「我跟她已經沒有瓜葛了。」羅斯淡淡的說。

「但她還是你訓練出來的殺手。」亞伯神情嚴峻起來，「叛亂幾乎都是她煽動的。」

「她有她的想法……但不是我的想法，好嗎？」羅斯開始不耐煩了，「我跟你不同，亞伯。你們把人類女人像家畜一樣養起來……但我很討厭這樣。對，我有病。我喜歡人類女人，因為她們會笑，你懂嗎？你還記得怎麼笑嗎？亞伯？」

「你只是太年輕了。」亞伯嘆息。

「我只小你一百五十歲。」羅斯皺眉。

他們陷入難熬的沉默，我只能默默的換茶葉，自己安靜的品茗。雖然我內心狂暴而洶湧，但只能勉強壓抑。

「別再犯同樣的錯誤了，羅斯。」亞伯深深吸了口氣，「我的女人們沒有抱怨過，更沒有自甘墮落去當吸血鬼，追求不應該有的永恆青春。」

「我已經接受過懲罰了。」羅斯聳肩，「我熬過來，並且沒有死。叛亂是你們的問題了，不是我的。」

「你手上沾了太多吸血鬼的血了，他們的同黨不會饒過你。」亞伯說。

「那就讓他們來啊！」羅斯一臉的不在乎。

「……若是蘭來了呢？」

羅斯的表情空白了一下，他看看我，笑了笑，「我不會等死。不然待霄怎麼辦？」

「你真的有病，羅斯。」亞伯搖了搖頭。

伙。

我還是竭盡所能的壓到亞伯告辭才發作。我並不是那麼擅長潑婦罵街給人看的傢伙。

「……你拖我下水！羅斯！」我對他吼，「明明我可以什麼都不知道，你們又不必用中文交談！」

「對，我拖妳下水。」他坦然的承認，「我就是要讓亞伯知道，我在妳面前沒有任何祕密，我很重視妳。萬一妳出了任何意外，我都可能會抓狂，而血族想處決我可能要派一整個劊子手小隊來才行。」

「……你問過我沒有啊!?」我的天啊……為什麼會變成這樣？「你有什麼權利隨便處置我的人生？」

「妳真的活著嗎？」羅斯反問，「躲在這個屋子裡，斷絕所有人際關係，這樣真的叫做活著嗎？」

他的話，深深的刺傷我。「……這輪不到你決定。這是我自己選擇的。你是我的誰？憑什麼這麼做？」我對著他大吼，覺得搗著的傷痕又汩汩的流出血。

我的確覺得我已經死了。我根本不是活著，僅僅是有呼吸和心跳。我常常寂寞到要發狂，但又要裝作不在意，卻又膽小到不敢自殺。

人活著不是只有飽暖就夠了。還需要情感的交流與慰藉。但看看我，看看我。我已經被摧毀殆盡。我再也沒辦法相信任何人，只想竭盡所能的將所有人都推出我心房以外，避免未來被最親密的人所傷。

我是膽小鬼。我是已經死掉的膽小鬼。將臉埋在掌心，我咬緊牙關，眼睛乾涸，痛苦得流不出眼淚。

「……我跟妳在一起，感覺很舒服。」羅斯掰著我的手指，「我不要看妳在我面前斷氣。所以我要把妳拖下水，因為已經來不及了。」

「羅斯你混帳！」我抬頭嘶聲。

「好啦。」他看著我的臉，深深嘆息。「除了妳的臉……我真的都很喜歡。」

我一拳揍在他鼻子上。

我不知道自己算是接受了還是沒有。

不過我承認羅斯說得對，我不算是活著。我害怕與人交際，我根本就是拿塊紗布蓋著，裝作傷口痊癒了，管他在下面是不是腐爛。

我的確住在紐約，不是住在外太空。這裡還是地球的一部分，路上是人類（起碼絕大部分是）。

羅斯沒隱瞞我什麼，跟我說血族數量雖然非常少，僅有上千人左右，但他們壽命很長。他試圖說明，但他的中文頂多只能應付日常對話，連成語都七零八落。後來他抓著一本英譯聊齋誌異我才算勉強明白。

我猜，他們是比較類似妖怪那種，只是外型和人類非常相似而已。至於吸血鬼，是他們半開玩笑「啟發」出來的，但他們不當一回事，等自體繁衍甚多，甚至引起人類注意的時候，已經為時已晚。

但我不懂英文，他的中文又甚差，光要弄懂這些都筋疲力盡，更不要想要有更詳細的資料。

白痴血族！

「我才不是笨！」他叫起來，「其他語言我有許多時間可以學習，中文我只有五年！現在有哪個國家還在用方塊字？其他使用方塊字的文明都在博物館了！」

別把中文說得像是活化石！

「……算了。」我舉起雙手，「夠了。我承認你是天才兒童。」

他的確不是笨的。我這樣說，他想了好一會兒，非常疑惑，「奇怪，妳不是在罵我對吧？但為什麼我覺得受辱了？」

……我真的不想跟洋鬼子交往。但他已經住在我家了。

但我也必須承認，我並不討厭羅斯。

雖然他每週日都要在我手臂上吸血，我覺得攝食的意味很小，過癮的成分比較大。而且在攝食之前還要先在我臉上塗塗抹抹，帶我去夜店或派對玩，慎重的把我介紹給他的朋友們（人類或非人類），即使我只能像個木頭一樣坐在那兒。

但連去洗手間他都要我在外面等，或者他在外面等讓我去洗手間。

我猜他是用蘭的規格對待我。

但我坐在這群年輕漂亮、身材瘦削的時尚人士之間，像是混入天鵝群的醜小鴨。他們在說什麼我都不知道，但我感受得到他們竊竊私語的嘲笑。

「你為什麼要帶我出來？」我問羅斯，很不耐煩的取下耳朵上的大串耳環，

「我一定讓你很沒面子。」

「我喜歡熱鬧。」他聳肩，「誰敢說妳不好，我一定讓他後悔莫及。有人這麼說嗎？誰？」

我瞪了他一會兒，趁還沒卸妝，把手臂塞給他。

感覺的確很複雜，真的。

羅斯是有點缺心眼，暴力、衝動。甚至他還讓我每天都吃鐵劑、綜合維他命，才能勉強脫離貧血的威脅。不管是不是移情作用，他用一種孩子似的純真對待我，雖然吸了血就跟頭種馬沒兩樣。

但他從來沒強迫過我。我說「不要」，他就哭哭的去洗澡，硬要擠著我客房的小床，卻沒試圖做過任何讓我火大的事情。

他是可以徒手把吸血鬼撕成兩半的血族欸。隨時可以威脅我，甚至不用拿槍。

甚至有回，他剛吸完血情緒高漲的時候，我誠懇的問他，是不是如了他的願，他就可以乖乖離開。我都自動躺平了。反正牙一咬，眼一閉，忍一下就過去了。他拿走他最後沒從我這兒得到的「東西」，應該就可以心滿意足的走了吧？

但他虎牙伸得更長，卻怒火沖天的從十樓一躍而下，三天不跟我講話。

我、我……我不知道。我以為觀察自己觀察得很入微。但我突然覺得很混亂。我……我知道他看的不真的是我，所以一直避免自作多情。我的外貌……沒有任何讓人覺得值得的地方。

他不喜歡我的臉，一點都沒有掩飾。有的男人喜歡臉，有的男人喜歡身材。我猜他是喜歡臉蛋那派的。有這個致命的缺點在，他早晚會厭倦走掉的。我若傻到日久生情，那簡直是白痴透頂。

但我不是石頭，而他就在這裡。

我……我真的不知道我在想什麼。在我們冷戰三天的第四天早上，我走入主臥室，打開衣帽間，蹲在他的棺材前發呆。

棺材蓋打開了，羅斯大張著藍眼睛，一臉睡意，「……待霄？有危險麼？」他緩慢的坐起來，眼神沒有焦距。

「不不，什麼事情都沒有。」我把衣帽間的門關起來，繼續蹲著。

「待霄？」他低低的喊，伸手不見五指的黑暗中，他正確的握到我的手。「怎麼了？」

我也想知道怎麼了。

我勉強彎起一抹微笑。沿著他的手，摸索的摸到他嘴邊，用食指按著他的唇，「……睡前點心。」

他輕輕咬破我的指腹，還是有點痛。但他舔手指的時候真的很煽情。

「你睡吧。」我把手抽回來，「我要鎖上所有的門，包括衣帽間。」我咬著唇，「我要出門。」

「……鎖門對我或他們沒有用。」他的聲音充滿了濃濃的睏意。

「但白天不會有吸血鬼，也不會有血族。」我站了起來，但他拉住我的手不放。

我又長跪了下來，肋骨壓著棺材的邊緣。眼睛漸漸適應了黑暗，他的藍眼睛特別光亮。「怎麼樣？這樣俯視著棺材裡的人？」他的聲音很低，我猜他在抗拒睡意。

「……我想到我媽。」我坦白的說。

「三次。我像妳這樣看著死去的人類愛人，三次。」他的聲音更低，「她們都沒活很長，頂多五十。」羅斯耳語似的，「妳恐怕也是，待霄。」

「我打賭她們一定都是絕世美女。」

「的確是。」他含糊的笑，「我親眼看著她們開花、凋謝。花兒都是會枯萎的，待霄。但過程很美，我也不喜歡乾燥花。」

他的中文真的不太好。但我承認，我被他的破中文感動了。所以他壓著我後腦時，我沒有抗拒，順從的貼在他的唇上，嚐到自己的血。

看著他沉睡過去，我又站了一會兒，才蓋上棺材蓋，把能鎖的門都鎖上，巡邏每一扇窗戶，走出大門，上鎖。

路上的行人不多。這是巷子裡的公寓，一個陳舊的社區。深深吸口氣，我將手插進口袋裡，走向韓國商店。

這次運氣很好，沒有被搶。

韓國商店的玻璃窗有個布告欄。這個社區雖然陳舊，但住了不少亞洲人。華人也不少……社區語言學校有針對華人開班的課程。李德跟我說過，但我一直沒去。

我還是不想去，但必須去上課。怎麼說？我該走入人群……大概吧。

至於為什麼……我就不願意去想了。

＊　＊　＊

我和羅斯過了段平靜的生活，大約半年。我猜吸血鬼不再來襲了，因為浴室不再出現紅沙，我若早起一些，比方說五點多，客房的厚重窗簾都會拉上，羅斯會躺在我旁邊，可能在看書、看電視，或者在看我。

「捨不得睡覺？」我會半睡半醒的問。

「我在等點心。」他會半啃半咬的舔過每一根手指，親我一下，然後才會去睡覺。

常常會躺很久，等著陽光從窗簾的縫隙照進來，才找得到力氣起床梳洗。

我覺得我有天會被羅斯「溺死」，被他那種充滿耐性和毅力的白目和溫柔。即使早就預知結局。我能守的只有最後一道防線，省得全盤皆墨，但好像守得越來越虛弱。

他都活幾百年了，耐性可能比烏龜還強悍。

我去上學這件事情，他倒是樂見其成。在家裡也常樂得和我練習英語對話。所以我們在家幾乎是中文混著英文講。我進步很快，但他的中文卻原地踏步，我已經放棄教他成語了。

算了，就像有些英文諺語我也搞不懂，我又沒上百年的學習時光，能溝通就好。最少我講「How are you?」的時候不會結巴了。而且我在社區學校的確交了幾個朋友，沒那麼畏懼人類了。

這幾個華人女孩會一點中文。國籍倒是一整個聯合國狀態。還有一個來自海地。那個海地來的女孩叫羅娜，非常熱情。她覺得中國字很酷，我送她兩幅自己寫的書法，她喜歡得不得了，後來她拉我去教堂，我不知道怎麼拒絕，就去了。

但我還沒神經到讓吸血鬼神父幫我受洗。其實我對人類也該有點戒心才對。

我和羅斯住在一起很久了，也和他的朋友每週都見面，甚至常有個吸血鬼送貨員送快遞來。我比起別人更容易分辨吸血鬼和血族。

「神父，我是異教徒。」我緊繃起來。我猜這是一種微量的催眠，讓人類順服，成為一種強大的領袖魅力，而不至於引起疑惑。

「孩子，這是上帝的旨意，引領妳到此地來。」他微笑著做了一個請的手勢，羅娜滿臉崇拜的鼓勵我跟上去。

從布道壇到大門口，恐怕有好幾十公尺，而且充滿了來聽福音的人，我想我是溜不掉的。

「只是談談嗎？」我勉強鎮定下來。

「只是談談。」神父和藹可親的微笑，我看到他的虎牙沒有露出來。但他也在白天布道。

考慮了一會兒，我點點頭，隨他走入教堂側廊的會談室。會客室裡頭，書架推開來，居然還有個往下的樓梯。

「神父，我們在這兒談就好了。」我說。

「孩子，不只是我想找妳談而已。」他溫和的說，「我並不想使用催眠術。我希望妳秉持著良知，親眼目睹一些什麼。」

我親眼看過一個吸血鬼抬起一部福特轎車。我考慮有多少逃脫機會，但看起來很微弱。「我以為吸血鬼不能在太陽底下行走。」

「大部分都不能。」他承認，「但上帝與我同在。」

我不知道有多少真實性，但我也不想撕破他文明人的面具。現在才發現所有的經歷都有其重要性。我和一個施暴者共同生活過，我也學會一些什麼。

我走在前面，燈光微弱，但他把地下室的門開著，我猜是要取信於我。

然後我發現，我似乎來到地下墓穴。只是一具具躺著的「人」似乎還有呼吸。但大部分都受了嚴重的傷害。

他一個棺材一個棺材的介紹，說這些吸血鬼都是血族的奴隸，只因為一點小錯，幾乎被處死，有的還被扔在太陽下等死，所以表面像是融化的玻璃再凝聚。

幾個沒睡著的吸血鬼正在照料這些嚴重傷者，對我怒目而視。

「……我們沒有人權這種東西。」神父聳肩，「我們的財產歸他們所有，隨便愛什麼時候徵用。沒有法律、沒有審判，任何不幸的意外都沒有申訴機會……只有劊子手等著我們。」他頓了一下，端詳著我的神情，「二十一世紀了，女士。妳認為這是應該存在的嗎？」

我沒露出任何神情。這是個言語上的陷阱，我不會上當的。

但他用中文又問了一次。

「……我猜，神父。你要我問何謂『不幸的意外』，是嗎？」我對他笑了笑，「然後設法激怒我……再用更有力的論調讓我信服，對嗎？」

他的神情出現了一絲變化。

當妳跟一個聰明的施虐者生活過，就很容易推論出來。這是種老把戲。我想他調查過我的背景，我的確對被虐這樣的事情非常容易動怒。但我也了解這些聰明的傢伙，精細而殘暴。

如此迂迴的將我引入這個陷阱之中，令人幾乎察覺不到的壓力。但他們是獵食動物，施虐者，怎麼樣隱藏也還有那種聰明卻瘋狂的氣息。

在他徹底被我激怒之前，我將語調放得很平靜，「你直接說好了，神父。讓我們明快的解決這件事情。你們要什麼，和可以給我什麼？」

「……妳和蘭非常不相同。」他的語氣有些失望。

「我缺乏人溺己溺、人飢己飢的精神。」我對他微笑。「我被你們綁架過，記得嗎？」

一聲深沉的咆哮讓我下意識的抱住腦袋，但沒撲到我身上。神父單手掐住一個女吸血鬼的咽喉，毫不費力的將她舉起來。「黛比，冷靜點。」將她遠遠的摔開。

那個叫黛比的女吸血鬼沒有衝過來，卻遠遠的叫罵，「巴爾該殺了那個婊子！留她一命，結果還不是被羅斯殺了？凶手！」

「黛比，出去。」神父冷冷的說，「去上帝面前懺悔。」

我倒沒想到她會乖乖的走出去。看起來，神父的地位很高，不然就是活得很久或權勢很大。

「……很抱歉給妳不好的印象。」神父真摯的看著我，「但第一印象都是不準的。」

我勉強笑了笑。「……我們別迂迴，直接了當的談交易吧。」

「……我需要血族的身邊有一個人，讓我們避開被傷害。」他遞了一個很小的東西給我。大概是竊聽器之類的吧，我想。他後來的話更證實了我的猜測，「妳甚至不用開口說話，只要放在妳的皮包裡。」

「那我可以得到什麼？」不是我真的需要什麼，我不需要過多的錢，我已經夠用了。但我若不顯得貪婪，就不能讓他們放下戒心，好把我放出去。

「永恆的青春。」他平靜的說。

我應該是不太會演戲，所以只能垂下眼簾掩飾。「……你不會傷害任何人吧？」沒我想像的困難，反正就當作我在想劇情好了。

「我保證。」

但他應該沒被我唬過去，卻把我送出教堂，並且在教堂外握了我的手。

這不是件好事。

我想過要不要把竊聽器扔了，但決定還是留在包包裡。我仔細想過前因後果。他提議把我擺在一個「間諜」的位置上，但這種手法真的很粗糙。簡直有點欠考慮。

他知道我的存在，而且是個行走在陽光下的吸血鬼。說不定就是他派出入侵者試圖綁架我的……綁架我的目的？

就血族的眼光來說，羅斯是有病的。他似乎很厲害……即使是血族的標準。但他有相同或類似的「弱點」。

綁架我的後果，我想吸血鬼都知道了。羅斯發狂起來真的是超可怕的……所以神父連根寒毛都沒碰我。

等等。他知道我的存在，應該是因為羅斯帶我去夜店見他的朋友們。所以說，血族相關人士當中應該有他們的內應。但血族不太可能放著這個權勢頗大的神父不管吧？所以說……？

我得趕緊回家。

但我搭乘的計程車半路上被警察攔下來。警察頗耐人尋味的對我笑笑，「妳被通緝了，小姐。」

在眾目睽睽中，我被押上警車，卻不是押往紐約市警察局。我的壞預感居然成真。

下午四點多鐘，亞伯居然醒著。他從我包包裡掏出竊聽器，一言不發輕搓指頭，成了粉末。

「或許你該等羅斯來。」我攤手，用英文跟他說，「沒想到你還醒著。」

「嗯……這幾年我都設法『調整時差』。白天總要有人醒著。」他斯文的微笑，對我說中文，「林小姐，妳的英文發音非常不標準。」

「聽得懂就好啦。」我也換成中文。「你要怎麼處置我呢？」

「殺了妳可能比較好。」他溫和的說。

「然後羅斯抓狂，血族之間反目成仇。」按捺住恐懼，我理智的談判。

「紐約每天都失蹤許多人口。」他含蓄的威脅。

肯談到這地步，情形可能不會太糟。「然後羅斯抓狂的翻遍整個紐約？你們不想發生這種引人注目的不幸事件吧？」

「妳怎麼知道他肯為你這麼做？」

「你又怎麼知道他不肯為我這麼做？你比我了解羅斯。」

對峙了一會兒，他輕笑，「聰明的女孩。可惜太野心勃勃。或許等羅斯來比較好……」他冷冷的追加一句，「我有妳跟叛亂者交談的錄音。羅斯可能想親手處置妳。」

「好的。」我對他笑，「我想這樣比較好。」

他沒有對我嚴刑拷打或者扔到水牢。他把我送去他的「小姐們」那兒。

亞伯在紐約市郊擁有很大的豪宅，圍牆內不只是一棟建築而已。

我被引到側棟，圍著游泳池和溫室，是個呈「回」字形的四層樓建築物。出入需要磁卡，掛在牆上的畫和擺設，顯得非常舒適。

我才被押進來，就有幾位小姐迎上來了。總共七個，有的還穿著泳裝，或飄逸的落地洋裝。

她們都是……**Big girl**。

我比較喜歡這種說法，而不想用「胖女孩」、「肥女人」。雖然她們的確尺寸驚人……但我也不是什麼瘦子，難免物傷其類。

或許是眼前的景象讓我非常震驚，因為我想破腦袋也沒想過亞伯的「小姐們」其實不怎麼小，甚至我不懂對我非常嫌棄的亞伯為什麼會有這些「小姐們」。一受驚嚇，我原本不靈光的英文就整個打結。

一個長得像北京狗的和善女士走過來，大約有兩個我那樣的尺寸。「歡迎，林小姐。亞伯要我好好招待妳。」她友善的和我握握手，「我在哥倫比亞大學主修中文，還去北平念了兩年書。」

她叫做佩姬，很健談，招呼我到新的房間。亞伯把我送到這兒監管起來，卻沒打算告知這些「小姐們」什麼。所以她什麼都不知道，以為我是別個血族的「小姐」，因為主人出國旅行或遠遊，暫時送來住幾天。

「……主人？」我覺得腦袋都變成糨糊了，「佩姬，妳念過哥倫比亞大學……」

「我拿到博士學位。」她有趣的看我，「妳還沒習慣嗎？妳的主人是誰？」

我瞪著她，找不到自己的聲音。「……我沒有主人。羅斯是跟我住在一起，但是……」

「是羅斯？浪子羅斯？」她嘖嘖出聲，「我敢打賭妳很受寵。妳的漂亮姊妹也來了嗎？」

「沒有那種東西。」為什麼她可以說得這麼理所當然？「只有我和羅斯同住。」

她神情凝重起來，看了看我的脖子，又拉起我的手臂，看著上面的咬痕。「羅斯只有妳？不可能吧？」

「請妳不要說得這麼若無其事！」我突然有點發火了，「為什麼……亞伯脅迫妳們？」

「……林小姐，妳是不是誤會什麼？」她疑惑的笑，「妳覺得我們是女奴？喔……哈哈哈……不，完全不是。」

佩姬說，她和亞伯是在一場學術研討會認識的，相談甚歡。之後亞伯跟她約了幾次會，一個月後，跟她坦承自己是血族，不能專一的愛她一個人，卻問她要不要跟他走。

「……妳就這麼跟他走？」我真的是震驚到無以復加。

她不大卻清亮的眼睛柔和的看著我。「對。他並不是欺騙我，也不是對我施展什麼魔力或催眠術。他的確不能如血族一樣愛我，但他每週有一個晚上只屬於我，不只是來『吃飯』而已，而是他除了這堆肥肉，還看得到我的靈魂。

妳相信嗎？我去婚友社聯誼，又老又粗糙，連拼音都拼錯的男人，還嫌我是頭豬。但亞伯尊重我、愛我，待我像是對待皇后。」

她用接近虔誠的態度說，「我願意為他死。」

我好一會兒說不出話來，「……前廳環繞著他的是一群美麗的少女。」

「他是貴族，需要面子上的美麗。」佩姬聳肩，「但亞伯能跟她們談什麼？指甲油還是唇膏？她們只是另一群漂亮的姊妹。」

……血族龐大的後宮。悅目的是一群，賞心又足以「攝食」的是另一群。難怪羅斯會說他討厭亞伯這樣養「家畜」。

羅斯太像人類了。

我心底動了動，看了看錶，快七點了。一種強烈的心神不寧猛襲上來。

羅斯攝食我的血液已經很久了，有的時候，我會很自然而然的知道他醒了，或者我在家裡的任何一個角落，他都能第一時間找到我。日復一日，這種下意識的聯繫越來越深。

他找來了。而且是燃燒著烈火般的狂怒。

「離我遠一點，佩姬。」我轉身跑出長廊。

「林小姐！」她追了出來。

「不！別過來，我不是要逃……」我緊張的尖叫，「別在我身邊，他要來了！」

我剛跑到泳池畔，像是挨了什麼炸彈，一整個牆被打穿了，小姐們尖叫，煙霧瀰漫。

連費神找一下大門都不要，這傢伙。

羅斯拍了拍肩膀，筆直的走過來，抓著我的肩膀，「……蘭。」

明明知道可能會這樣，我卻無法解釋的紅了眼眶。終究我還是替身而已。

「羅斯。」我盡量平靜的說，「你打壞亞伯的牆了。」

他原本狂燃的怒火和驚恐漸漸熄滅，眼神才有焦距。我想他醒來時沒找到我，就餓著肚子找來，根本就還不太清醒。

「妳怎麼會在這兒？」他的眼神很迷惘，又轉憤怒，「亞伯抓妳來？為什麼？亞伯！」

不知道什麼時候亞伯也出現了，他們搞不好真的會瞬間移動。

但羅斯往前一步的時候，亞伯那些胖女孩都紛紛擋在前面。目睹這一幕，我卻有種錐心刺骨的痛苦。

兔死狐悲。

「羅斯。」亞伯很冷靜的扔了一個錄音筆給羅斯。「我建議你帶著你的女孩……去弄清楚整件事情。你可以先用佩姬的房間……本來要給你用的那間似乎有些損壞。」

他扯著我，有些茫然的進了房間，打開錄音筆。聽了好幾次，才失去焦距的抬頭，虎牙已經伸出來了。

除了飢餓以外，我想他也是非常憤怒吧？

「永恆的青春？妳也想成為吸血鬼？」他的眼睛幾乎都褪成銀色，虎牙伸得更長，「妳知道由血族轉化的吸血鬼更接近、更強而有力？」

瞥見桌子上的一枝筆，我拿起來，抵住頸動脈。「羅斯，我不是蘭。我不要當吸血鬼。」

真是諷刺啊，真的是。我一直沒有勇氣自殺，現在似乎找到勇氣了。「我也討厭乾燥花。」

我應該選鋼筆的，浪費我的勇氣。鋼珠筆用了這麼大的力氣，還是刺進幾公分就遇到阻礙，這一點阻礙的時間就夠羅斯阻止我了。

他的吼聲幾乎吼聾了我，我猜噴出來的血也嚴重刺激了非常飢餓的他吧？我還以為他會咬斷我脖子哩，但也的確吸食了太多血液。

「……我不要當吸血鬼。別剝奪我最後的尊嚴。」我沙啞的說，全身都很倦，大約是失血過度。

「妳不會。」他抵著我的額，一遍遍的叫我的名字，「我不會讓那種事情發生。」

後來我沒死啦。羅斯咬我，一半是食欲，一半是為了彌補我自己戳出來的大洞。血族擁有一種讓傷口快速癒合的某種元素，被咬的人往往很快就傷口癒合。他就是用這種天賦阻止我真的死掉。

後來聽說有個教堂被恐怖分子攻擊，沒有傷亡，但神父失蹤了。羅娜滿臉淚痕的跟我說了這個噩耗。

我對羅娜倒沒什麼兩樣。恐怕到最後她還是什麼都不知道。面對超自然生物，人類能有什麼辦法呢？而且還潛伏在教堂，是個真心崇拜上帝的……吸血鬼。

我想，一開始神父就擬好了多線計畫。若我有同情心一點，憐憫被欺壓奴役的吸血鬼，他可能會吸收我進入吸血鬼的組織之中，說不定我就走上蘭的道路。

可惜我表現出來的不如預期。他既然在血族之間安排了內應，應該也知道自己的組織有間諜。所以乾脆拿我當個導火線，挑起血族之間的不和。羅斯衝動又暴力，亞伯輕視人類，不管結果有無死傷，血族穩固的情誼就有了裂痕。

只是他沒想到我居然乾脆拿筆戳自己的頸動脈。

但我不是為了顧全什麼鬼大局，才不是。這些是我事後完全才想明白的。血族跟我有什麼關係？吸血鬼跟我有什麼關係？他們之間的種族戰爭又關我屁事？

我只是單純不想成為吸血鬼而已。

已經覺得眼前的路太漫長，活都活不完了，我還去追求什麼鬼永生，好讓自己更難捱？我瘋了麼？

我只是……我只是得到了那個勇氣，心灰意冷到底的勇氣。看看佩姬她們，看看我。我們多麼可悲……可悲到淪為「血牛」都還願意拋棄一切，連自尊都不要了。

只要有人越過外表看到我們的靈魂，就算他是個烏賊似的外星人都沒關係，何況是個血族？

羅斯卻連我的名字都會叫錯。

那一刻，我真的覺得沒什麼好活的，真的沒有。

我跟羅斯分析了來龍去脈，只是隱瞞了我突然得到勇氣的原因。他信不信我不想管，也無所謂。但我猜亞伯是信了。

他和善的來喝茶，破例和我說了話，還說佩姬很喜歡我，希望我有空去佩姬那兒喝下午茶。

「我猜她不能隨便外出是吧？」血牛被污染還得了。

「事實上，她可以。」亞伯無視我的尖酸刻薄，「但人類不懂得珍視她這樣特別的女子，常常讓她很糗。所以她不喜歡出門。」

我突然失去自己的聲音。脆弱的世界，狹隘的人類。

「……有時間我會去拜訪的。」我說。

羅斯還是一如往常的耍白痴和幼稚，但我知道一切都不一樣了。他會一直想著，幾時我會跟蘭一樣，我到底有沒有騙他，悲劇會不會重演。

不需要心電感應我也知道，因為他越來越常叫錯我的名字，總是叫我……「蘭」。

這真討厭……因為我開始喜歡他了。

所以不能這樣下去。

羅斯真的是個很單細胞的傢伙。

他整個人大概是由食欲、性欲、喜歡熱鬧所組成的。但只滿足了食欲也可以，他就會開心得像是個小孩子。血漿可以供給他營養，但沒辦法滿足他的食欲。整個禮拜，他最喜歡週日，因為可以把我打扮得美美的（？）出去參加派對，尤其是我願意跟人聊天以後，看我也頗樂在其中，他更是開心。

我順著他的心意不再剪頭髮以後，他就真的很愛我直到臀部的黑直長髮，從來不假手他人，也不讓我自己梳理，他總是很細心的慢慢梳，怕扯痛我，跟我天南地北（順便鬧很多成語笑話）的聊天，說他漫長一生的所見所聞，連血族的禁忌都沒瞞我。

發生這件事情以後，他還是會告訴我過往的經歷，但不再提及血族的事情。

他是很單細胞，但不笨，我知道。

我們表面上還是很平靜，甚至還一起去看「歌劇魅影」。我真的很喜歡那個面具，他還特別去買了那個半張臉的面具給我，而且還是男主角手上的那一個。

我在他臉上輕吻表示感謝。他用虎牙摩挲我的脖子，「……妳一定很喜歡這個。」

「我們派對要遲到了。」我躲開，但又攬著他的胳臂。

那天派對很開心，真的。羅斯教我跳舞，我想我學得還可以。不過他虎牙快藏不住了，真的。汗水和香水相混，有種曖昧的氣息，大約很刺激他。

他把我拖去一個沒人的小包廂，輕輕呻吟的撫摸我的胳臂，我卻拍了拍自己的脖子。不騙你，他的眼珠子差點掉出來了。

「……這樣我會很想要。」他冰冷的氣息粗重的噴在我脖子上。

「好啊！」我平靜的回答。

他激動得差點把我的手抓出兩個洞，像是野獸似的又吻又咬，像是要把我染遍他的氣味。

最後他卻停下來，用力的朝大理石桌，把頭撞下去。我看到大理石應聲而裂，他的額頭只有微紅，我真是傻眼了。

抓著我，他呼吸急促，「……回家吧。」

「什麼？」

「我要慢慢享受……天啊~妳終於說好了……」

我不想去回憶那段可怕的飛車旅程，我只知道他連門都不讓我好好的開，我連鑰匙都沒拿出來，門鎖就完蛋了。我只能掛在他手臂上，不能好好走路，他像是怕我突然改變主意或逃走。

連卸妝都沒辦法，我只來得及拿那個面具。等他吻我吻到我差點斷氣，換去別的地方忙的時候，我把那個遮了半張臉的面具戴在臉上。

「為什麼要戴這個？」他正在跟我的胸罩奮鬥。

「……我喜歡。」

其實真正的原因是……羅斯，你一直都不喜歡我的臉。

他總共吸了我兩次血。一次是在之前，一次是在高潮的時候。我承認，跟血族一起真是種雲霄飛車似的極度快感，我猜吸毒是這種感覺吧？

根本沒感覺到他是毛茸茸的還是什麼，應該說我什麼都感覺不到。

我早被情欲滅頂了。

那夜我根本沒什麼睡。我想羅斯不是忍太久，就是想設法讓我中毒，以後就不會拒絕。我終於明白佩姬為何會說亞伯待她宛如皇后，原來就是這樣……

羅斯根本把我當成一朵柔弱的花，輕憐蜜愛到極點，從眼神到肢體。

我想我是哭了吧。可惜面具擋著，只有一行淚。

* * *

一直到陽光升起，窗簾抵擋不了，羅斯已經撐不住了，我才哄著他到衣帽間。他躺在棺材裡的時候，還握著我的手不放。

握著他的手，看著他睡熟，我才把他溫涼的手放在我臉側。

我這輩子都不會忘記他吧，我猜。

闔上棺材蓋，關上衣帽間的門。吸了吸鼻子，硬著心腸不去看主臥室凌亂的床，拿起面具。我走入書房，拿出寫了很久的信。

最後我還是加寫了一張，直到自己覺得永遠寫不完才勉強停筆。走入客廳，我把信放在茶几，用面具壓住邊緣。

一切都安排好了。

當初我雙手空空的來，現在我又雙手空空的走。李德只知道要把錢匯給我，卻不知道我會住在哪裡……因為我自己也還不知道。

我只背走了一個錢包，裡面有中午的機票，飛往我的出生地。

遠離血族和吸血鬼的紛亂，也祛除一切的懷疑和可能的誤會。

同時……也離開羅斯。

即使知道我只是「蘭」的替身，我還是痛哭失聲。

我並沒有怨恨，真的沒有。羅斯是命運借給我的大禮。但終究是借用，而不是我的。他打破我繭居的殼，讓我能夠面對世界。

我永遠感激他……並且偷偷地愛他。

總會有一天，他會找到那個才貌兼具的東方女子，和她愉快的攜手走上一段。或許有那麼一天，我會遇到願意看見我靈魂而不是粗陋容顏的男人。

但我相信他的機會無限大……畢竟他的歲月長遠。

我？哈哈。

沒關係的，沒有關係。我已經可以面對過往和世界了。

我走下樓，計程車已經在等我了。

每走一步，我的腳步就越虛軟沉重。上飛機的瞬間，我有轉身跑回去的衝動。

但終究我還是忍住，吞下了一顆安眠藥。

上帝啊上帝。你若也庇護吸血鬼，請你也庇護我的血族吧。

在藥效發作之前，我一直低頭禱告，直到睡著，漂浮在淚海中，依舊禱告不已。

之四　在台北的霞海城隍

我終究還是回到這個城市，當初我匆匆逃離的城市。

只是一切都顯得很陌生。我沒想到街頭會有這麼多人，每個人都行色匆匆，步伐快速。

我想過要不要躲去其他城市，但我想知道，我到底是否有真實的勇氣可以面對過往。

如果前夫出現在我面前，我會怎樣？

我想過一萬次這個問題，但我沒想到這麼輕易。我回來台北的第四天就在街頭遇到他，我還以為我會尖叫呢。可能是我瘦了幾公斤，也可能是我神情太冷靜，不是以前的驚弓之鳥，他好一會兒才走回來，瞪著正在等公車的我。

「……待霄？」他不太肯定的問。

哇塞，我去美國有沒有兩年？好像不到吧？這傢伙怎麼凋零得這麼快，頭髮稀疏不要緊，那個酒色過度的黑眼袋是怎樣？

我冷冷的瞥他一眼，目不斜視的繼續等公車。

「我在跟妳說話！」他大概確定我的身分，大剌剌的來拉手膀。

我怎麼會怕這種白面書生？開始有點納悶。或許是我跟一個血族居住了大半年，還親眼看到非常殘虐的場景，也知道真正的暴虐長什麼樣子。

這種軟弱的小case。

我用手肘狠狠地撞他的胸膛，「你想要我喊警察還是喊救命？」我用力的推了他一把，「還是要我親手解決你？」

連紐約的搶匪都比他有氣勢。這猥瑣的小男人只能在家裡打老婆出氣罷了，出了家門……什麼都不是。

現在我可不是他老婆。

他踉蹌的倒退，「對不起，我認錯人了。」我舉起拳頭，他居然跑得跟飛一樣。

深深的吸了幾口氣，我順了順頭髮，繼續平靜的等公車。真的除死無大事。都敢拿鋼珠筆戳脖子了，沒什麼東西可以怕了。

回來台灣最棒的就是同文同種，不用隔一層語言。我順利的找到房子，是個火柴盒似的小套房，擺了桌子和床，幾乎沒有走路的空間。所以我買了個高架床，爭取一點生活空間。

但這麼小的家，一個月租金就是一萬多，台北居，大不易。幸好我是有遺產可以傍身的人。

不過我還是決定去找個工作。就算不為了經濟上的理由，我也不想與世隔絕。忙一忙，時間很快的過去……我總不能整天流淚想男人……好啦，血族。

當初我會選擇回來，是因為羅斯跟我聊天的時候，說過他從來沒來過台灣。他說福爾摩沙是個「不歸血族管」的島，吸血鬼也不太來。事實上，屬於血族的是歐洲或美洲，他們不怎麼喜歡來亞洲或非洲。

但到底為什麼，羅斯只會暴一大串古老的語言，鬼才聽得懂。他真該去好好的學中文。

好，今天想他這一次就好，我不要再想了。

我專注的尋找工作，這才發現景氣真的非常差，我連站7-11都站不到……大家都比較喜歡年輕貌美的店員。我原本學得是商業設計，但永遠有便宜的畢業生可以使用。

在台灣的前三個月，我就在寄履歷和面試中度過了。當然中間還去看電影和買書、租漫畫和DVD。

結果我的工作居然是因為一通打錯的電話有的。

事情是這樣的。我的電話是綁ADSL用的，一時心血來潮，買了個電話機裝上。結果馬上有人打錯電話，問我怎麼不去上班。

我解釋半天，對方才知道打錯了。但我覺得很有趣，葬儀社欸。

「我在找工作。」我說，「我可以請教原本你要找誰去上什麼班嗎？」

「洗大體啦！」對方不耐煩，「妳做不來的！」

「我猜，你原本要找的人也是女的。為什麼她可以，我不行？」我又問了。

最後他終於願意讓我試試看。

我承認，我的確很喜歡人類……他們偶爾的善意，扶起一個陌生的小女孩，熱心的指路，親切的笑容……我真的很喜歡。

但我也害怕，爾虞我詐，勾心鬥角，各種偏見和邪惡，我蝸居紐約時，在網路上已經看得太多，當時我可以安慰自己，這些都跟我隔片太平洋，但現在我就在這裡。

我有人際關係上的嚴重障礙。甚至不能拿語言不通來逃避。

別人覺得噁心又恐怖的「洗大體」，對我來說反而如魚得水。

我想是因為我漸漸學會怎麼控制將感官關到「低」的刻度，所以氣味對我來說沒有很大的影響。

這些人……這些死掉的人。在人生最後的時光，我可以對他們溫柔，不用怕有什麼副作用。不管他們生前受了多少苦難病痛，最少在終點，我可以照顧他們，溫柔的幫他們淨身更衣，撫平他們的傷口。

我大概是在療癒自己吧，我想。用一種奇怪又有點可怕的方式。

每天我只當一班，四個小時。這家葬儀社很先進，把國外那套拿進來，其實也不怎麼陰暗可怕。但我雖然上班四個小時，通常我若動手照顧逝者，常常要堅持到照顧完，拖到五、六個小時也不一定，但我沒申請過加班費。

後來有回我當班的時候，化妝師忙不過來，我動手幫忙，結果漸漸的，我成了洗大體順便化妝的業餘化妝師。

既然我拿的是工讀生的薪水，按件計酬，老闆也就不計較我動作慢和堅持完美的個性，我也漸漸做出興趣，工作之餘，我會跑去醫學院旁聽，用破爛的英文能力試著自修。

我的體力不能太操勞，到現在，受損的健康也沒徹底恢復，但貧血倒是好了。所以要我待在葬儀社八個鐘頭，很為難我。若只是半天班，就沒什麼問題了。

其實死人真的很溫柔，他們不說話，像是出生時的形態，等待另一段的旅程。我只是想要好好對待他們，讓他們光鮮亮麗的跟親朋好友告別，才可以了無遺憾的辭世。

可能是我這種心情，所以我幾乎沒見過任何靈異事件。雖然我知道，這個城市還是有吸血鬼，偶爾我還會在街頭與這些吸血鬼眼神交會。

但他們沒鬧出什麼命案，雖然這是個沒有血族管轄的城市。

一般來說，血族有獨特的印記，會擺在這個城市最顯眼的建築之上，並且在十三樓的安全門做出記號。但我去一〇一大樓看過了，十三樓非常乾淨。

羅斯真的是個很聒噪的傢伙，什麼都願意告訴我。沒想到他的一字一句我都記得，甚至在我接到一個死因奇特的逝者時，我還能去十三樓畫上那個接近警告的血族記號。

其實我真的很多事，對嗎？

但這是我的城市，我的家鄉。就算騙騙他們也好……況且，我也不算毫無武力、一無所知。

當你接觸了許多死亡之後，就會對生死看得很淡然。

想也知道，我做了這個奇特又詭異的工作，實在不太有人會約我。但奇怪的事情發生了，有個常來我們葬儀社的道士居然想約我去喝杯咖啡。

「我不喝咖啡，也不喝茶。」我平靜的婉拒了。

「那喝果汁？」這個高大的男人笑了。

他的笑容有點像羅斯。

可能是這個緣故，所以我居然答應了。

我對他所知不多，但知道他常趕場做法事，是個火居道士，叫做胡常月。化妝師就有意無意的跟我說他的八卦，說他非常風流，最近才離婚。「不要輕易上他的當。」化妝師說。

我還能上任何男人的當？我很懷疑。

不過我總不能一直待在家裡，或和屍體在一起。而且我也覺得很有趣，為什麼他會喜歡充滿屍臭味的女人……聽說他專愛找護士或屍體化妝師。

喝杯果汁而已，但我不知道需要跑到那麼遠。

他居然特別開車到霞海城隍廟前，請我喝一杯五十塊的果汁。我也沒想到走入廟裡，鎖鏈居然響了起來。

他睇了我一眼，似笑非笑的，「妳是人類嗎？林小姐。」

「我是。」我很乾脆的回答。

「我會注意著妳呢。」他挑挑眉。

「我受寵若驚。」我禮貌的回答，並且對著城隍爺上香。

我只是來表達敬意，當然我注意了一下，發現霞海城隍廟還是有裝飾用的刑具，我聽到的鎖鏈聲應該是這兒發出來的。

雖然我擲筊的經驗都不太妙，我還是擲筊抽了一根籤。籤首是「包青天夜審烏盆冤※」。

我也說不上為什麼，心底卻有點明白。

胡常月拿了我的籤去看，眉毛挑得驚人的高。「……似乎我弄錯了。」

「我是普通人。」我從他手上拿過來。「謝謝你的果汁。」

「嘿！我送妳回去！」他追上來，但我已經攔了計程車。

「很近，」我對他笑笑，「離我家不遠。」然後揮揮手。

其實真的不算遠，含塞車不到一個鐘頭。我不可能讓任何男人知道我住哪。我不是說胡常月是什麼壞人，但我是跟血族混過的女人，和捉妖的道士應該合不來。

※同樣的，籤詩也是我瞎掰的。

後來我跟胡常月熟了，他抱怨我不讓他約，我請他去約化妝師。

「我不喜歡心眼小的女人。」他湊在我耳邊低語。

「我心眼更小。」我對他笑笑，關上化妝室的門。

* * *

其實我若不是跟血族混過，說不定我不會察覺這些逝者有什麼異樣。他們不見得是枯瘦的，只是比較憔悴而已。但並不像世人認知的，必須被吸乾血液像木乃伊才會死。

失血過度就可能會衰竭而死，而失血不代表體液流失。

我每天只上四個鐘頭的班，但兩天已經接到四個死因可疑的逝者。他們的脖子、手臂，都沒有咬痕，我翻著死亡證明，居然是「惡性貧血」。

血族造成的咬痕癒合得非常快速。據說年紀很大的吸血鬼略遜一籌，但也很快。只是，不可能完全沒有痕跡，最少觸摸的時候感覺得到。

還有什麼地方有大動脈又容易吸血，但不容易被察覺？

靈光一閃，顧不得會不會被說變態，我循著他們的鼠蹊部位尋找……果然有癒合後的咬痕。

我在這裡已經工作七個月了。前半年只有一樁「意外」，為什麼這個月突然暴增？台北有不少家葬儀社，我工作的這家說不定只是冰山的一角。

那天下班，我就到一〇一大樓尋找我畫的印記。那是一種特殊塗料，平常是透明的，但血族和吸血鬼一看就知道。人類要看，得用特殊光去照才行。

那個印記被一個大大的「X」和「↑」占據了。

這可是帶有性暗示的挑釁和污辱，跟問候人家娘親有異曲同工之妙。

我將整塊都抹去，並且重畫印記。這次我把羅斯的家徽畫上去，並且加了隻眼睛，表示我代表「羅斯」，並且嚴厲的注視著。

這有沒有效呢？我不知道。我想這是幾個外來客，才會這麼肆無忌憚。但本地的吸血鬼一定知道些什麼。

其實我不該插手，真的。但我不希望無辜的逝者再增加。我生活在這裡。

幸好台北的化工行很好找，而真要剋制吸血鬼……我曾經有個很好的老師。而且銀樓也很發達，只要有錢，想買什麼都有。

我去找了一個當地的吸血鬼。我到重慶南路買書的時候，遇到過他幾次。他很好認，因為他笑嘻嘻的照片就掛在兒童美語補習班的外面。

只要去補習班外面等他下課就行了。

他一面喝著果菜汁，一面走出來。我想只有包裝是果菜汁啦。

「嗨，何老師。」我對他揮手。

他茫然的看我一會兒，我把畫在左手掌心的印記給他看，他神情馬上變了。

「借一步說話。」我禮貌的說，我看他這麼緊繃，很怕他露出馬腳。因為他虎牙快突出嘴唇了。我請他跟我到大樓間的小巷，我猜他正在盤算怎樣殺人滅口比較不引人注目。

為了省他的事，我把寬鬆的外套袖子往上推，露出底下纏著的銀鏈子，他嚇得跳起來貼著牆。「我什麼都沒做，老天～血族不想來就派人類嗎？喔，拜託！我就是很厭倦那樣殺來殺去，才在這個該死的島定居下來！難道我逃到這個潮溼、炎熱，讓我棺材拚命長霉菌的鬼地方還不夠嗎？我不想讓你們管，OK？但我也不會幫助獨立軍，OK？」

……原來亞洲和非洲的炎熱天氣拯救了無辜的人類，免受血族和吸血鬼的侵害。

「何老師，你冷靜一點。」我舉手，並且放下袖子，「我只是想跟你談談。」我把名片遞給他，「我是屍體化妝師。最近我看到了幾樁不幸的意外。」

他狐疑的接過名片，露出厭惡的表情，「喔，小姐，妳跟死亡也太接近了吧？難怪妳一身的消毒水味道！」

……吸血鬼跟我談離死亡太近。我開始有點頭疼。

「是你幹的嗎？」我乾脆直接問，省得他再繼續離題，「還是你認識什麼人會這麼做？從鼠蹊……『攝食』？」

「鼠蹊？」他疑惑了一會兒，恍然大悟，「Oh God！我怎麼可能……我認識的人當中沒有……Shit！太變態了！妳懷疑我？妳居然懷疑我？我要這麼幹被我老婆抓到，早被她打死了！妳千萬別亂講，傳到她耳朵……」

「……你老婆也是吸血鬼？」

他的臉孔居然淡淡的發紅，「當然不是。」他小聲的說，「我老婆是隻漂亮的小野貓，很凶的。她是個有點迷糊又凶悍的人類女人。不要提吸血鬼！她還不知道呢……」

我張大眼睛。

血族要偽裝成人類非常簡單，他們表象上唯一的不同只是體溫略低。但吸血鬼要偽裝可就困難了。他們就跟屍體一樣冷。

「妳不相信對吧？我也不相信。但她就這麼迷糊……我說我有病，還有畏光症……她完全相信了！為了我，她還跟我一樣晝伏夜出！我剛來這小島的時候真的好想自殺……但她出現了！她是我生命中的天使！聽著，我真的非常愛她，我必須偽裝成人類才能跟她一起生活。我循規蹈矩，從來沒欠過稅金……這小島的捐血風氣很盛……妳知道嗎？光醫院拋棄的過期血漿就夠我活了，我為什麼要去殺什麼人……還在那麼……那個的地方吸血?!冒著讓我老婆跟我離婚的風險?!……」

我阻止他好幾次，都沒辦法打斷他的滔滔不絕。我不懂，為什麼血族和吸血鬼都有這麼聒噪到令人害怕的角色，我真是挑錯人了。

「……我一個月才吸一次血，而且是吸我老婆的血！我還得偽裝我是SM的愛好者！……」

「你老婆是M。」我已經放棄阻止他了。

「當然不是。」他義正嚴詞，「她愛我！所以願意偶爾配合我的怪癖！」

「恭喜你。」趁他換氣我趕緊問，「那你知道有外來客來這個城市嗎？」

他緊緊的皺眉，當他閉上嘴我才發現他長得不錯。但他張開嘴真令人想死……他老婆真是聖人。

「我是聽說過一些風聲。」他很謹慎的回答，「但我是有老婆的人，我不能拿家庭冒險。」

「我沒要你去冒險。」我想了想，「不過你要知道，這也是你的城市……我們的城市。我認同吸血鬼也有生存的權力……但死了人就讓情形複雜了，對吧？總有一天，不是我這屍體化妝師發現不對……那時候，可能好吸血鬼就得替壞吸血鬼陪葬。」

他變得面無表情，我想他是動搖了。

「喔，我要告訴你，我檢查了葬儀社所有的逝者。『惡性貧血』幾乎都發生在二十到三十五歲的女性身上。」

他臉色本來就白，現在完全慘無人色。「……我的天啊！」他馬上拿出手機，「喂？哈尼，親愛的。妳在哪？不不，妳不要來接我。有連續殺人犯在我們社區附近，妳不要出門。我馬上回去……誰都不要開門好嗎？不不，我陪妳去買菜，妳是我的生命達令……」

……我頭痛欲裂。真的不該挑他講話。

他終於把電話掛了，一臉惶恐。

「你願意幫忙嗎？」我猜他們這些吸血鬼之間有個聯繫網路。

「當然。」他扶著額，「我老婆在這兒……我會把消息散布出去。」

我稍微的鬆了口氣，「謝了，何老師。」

「叫我世昌。」他眨了隻眼睛，「我老婆取的。」

……我為什麼會挑一個妻奴吸血鬼呢？這真是太可怕了。

我曾經跟血族最好（並且最聒噪）的劊子手住在一起。

不得不說，羅斯是個肆無忌憚的白痴。他甚至白目的跟我說過，蘭做過最讓他驕傲的事情是，還是柔弱無助的人類女子時，獨立解決了三個吸血鬼，雖然是一個一個解決的。

連怎麼解決都告訴過我。你會很訝異，看起來如此強悍的吸血鬼，解決的藥方居然如此簡單。大一點的化工行就有你需要的所有材料。

傳統上，我們認為，吸血鬼怕陽光、純銀、聖水、大蒜和木樁。

撇開木樁這個物理性刺殺的武器外，其實都有點關連性。只是當時的人不知道是大蒜的哪個成分，教堂也不會提供真正的「聖水」給你分析化驗……不過純銀就真的只是純銀。

很剛好的，血族早就知道。他們人數實在太少，無法徹底消滅吸血鬼，所以就假手了人類的宗教組織。

其實我有考慮過要不要公布這個「藥方」。但後來決定還是不要好了。

既然我不贊成因為每天都有謀殺案，所以該在各大城市放毒氣滅絕人類，我就不應該贊成因為某些吸血鬼殺人，就公布這個藥方好讓所有的吸血鬼都遭受生命威脅。

我不想介入血族和吸血鬼的種族戰爭，這不代表我想看到某些種族滅絕。

但我能拿來自衛。這也是我很白目的跑去畫印記的關係。蘭既然可以，我應該也可以。

很快的，我證實了這個論點。我去察看一〇一大樓十三樓時，被吸血鬼襲擊了。

吸血鬼的模式和血族很類似。他們會試圖用眼神接觸，然後施展催眠術。定住人類的時候，開始「用餐」。他們最偏愛的是脖子的頸動脈。

只是他拉開我脖子上的絲巾時，有個極大的「驚喜」。我在銀樓打造了一個可愛的銀護頸，我猜是有點燒傷他啦！

如果他轉身就逃，我就算了。但他抓住我的手臂，看起來想直接掏出心臟……我只好給他打了一針。

當了七個月的屍體化妝師最好的一點就是……我開始很會打針了。因為有些顏面受損的逝者需要「小針美容」。

臂。

我？我沒受什麼傷。頂多只有他被纏著手臂的銀鏈灼傷時，有些反餽到我的手

轉身就走，因為我實在不想看到他風化的樣子。

吸血鬼實在太仰賴催眠術了，反而忽略了最有效的體力。這就是我說破不值一文錢的祕密。我能把感官開到「低」的刻度，不受催眠術的影響……起碼他們當中的「年輕人」影響不了我。剛好羅斯又把我教得很好。

只是他們不知道，也查不出來。

不過我殺了一個吸血鬼的事情，立刻轟動了在島的吸血鬼們。何老師就非常激動的說了無數八卦，還有人傳言「瘋子羅斯」親自來了。

「不是，真的不是。」我設法阻止他的聒噪，「死掉的那個是外來客吧？」

何老師啞口片刻，「對。」

「既然都定居了，你們就不要下去攪和。」我泰然的說，「那就一切沒事。」

然後何老師在冒汗。「……該不會是妳吧？林小姐？」

我咬了咬唇，嘖了一聲。「我沒給你看過任何東西對吧？例如什麼印記……」

他汗出如漿。「……我什麼都沒看過。」

「很好。」我對他笑笑。

這其實是空城計啦。但我想我嚇到那些外來客，最少我沒再照顧到惡性貧血的逝者，我猜他們已經知道自己的分際該在哪。

但何老師卻緊張兮兮的寫了封e-mail給我，說有多處血庫被搶劫，因為沒有死傷，所以不太受重視。

要那麼多血幹什麼？我覺得很不安。吸血鬼除非餓上好幾個月，不然不會一口氣大量的吃到人類足以致死的量。他們食量比我們想像的小……除非外來客的數量比我想像的大。

這是個沒有血族統轄的島。

我又把何老師拖出來，「……這幾個月，血族和吸血鬼處得好嗎？」

他對我翻白眼，「妳瘋了喔？這七個月是百年戰爭以來最白熱化的時刻。妳當真以為美國發生那些爆炸什麼的，真的是恐怖行動喔？」他壓低聲音，「這次獨立軍真的吃了大虧，聽說主力部隊撤退回歐陸了。」

「……若是這樣就好了。」我心事重重的離開。

我若是獨立軍首領，我才不會撤退回血族大本營的歐陸。我一定找個誰也不去，誰也不會注意到的地方。比方說印尼、泰國……或者是台灣。

逃到紐約的時候，我過著一種足不出戶的封閉生活，網路是我跟人唯一有關連的地方。其實許多細小的新聞，往往有著很深的含意。

上上個月，某家載滿台灣客的直達班機在水牛城失事。上個月終於將遺體專機運還，總共一百一十四具棺材。

我好像惹了自己也無法解決的事件。

只能祈禱這個空城計能夠奏效，而我的推測，僅僅是推測而已。

* * *

有一個「官方」吸血鬼被謀殺。

這不是個好消息。所謂官方吸血鬼，就是幫血族做事的。他在街上亂轉，比我動作還大很多，何老師第一個被找到，這城裡長住的吸血鬼也都讓他約談過了。

但他死得很慘。他不是一擊斃命的，而是被倒掛著慢慢放血。等本地吸血鬼發現的時候，他的屍體還沒風化完全……起碼頭顱是完整的。手腳都釘著銀釘，我猜是想賴到吸血鬼獵人那邊去。

何老師算是很夠意思，他還緊急發了e-mail要我出國去躲一躲，本地的吸血鬼幾乎都一哄而散了。

但我沒先接到信。那天晚上我先去看看印記……其實我應該先回家才對。

所以說呢，千金難買早知道。

一個一個來，我是沒在怕。但三個？我不是神力女超人。當他們逼上來時，我撒了銀粉。真是昂貴的武器……不過讓我爭取到一點點逃進人群的機會。

動作太大不理想，對吧？除了他們打了百年戰爭的血族，各國還有人數雖少卻很專業的吸血鬼獵人。有的吸血鬼獵人完全是雜碎，徹底沒有道德感，卻是非常厲害的雜碎。

羅斯真是什麼都願意告訴我。

我不想讓他們知道我住在哪，所以我逃進了我工作所在的葬儀社。他們說不定很高興，覺得我驚慌失措，逃到沒什麼人的大樓。

但惹誰都好，真的不要惹連死都不在乎的女人。

等他們堵到我的時候，我正在幫逝者化妝的小房間。他們齊齊露出虎牙獰笑。

我雙手合十，這是為逝者化妝前的習慣動作。「祝各位安息。」然後屏住呼吸。在進來的時候，我已經按下機關了。

像這種房間，為了通風的關係，都會有兩組抽風機。但老闆要求我們只能開一個，為了省電。在幾乎沒人開過的抽風機裡頭，我已經預先放了「藥方」。抽風機不只有抽出去的功能，也能抽進來。

我不會說，這個「藥方」對人類完全沒有傷害，但對吸血鬼來說，嘖嘖，像是氣態王水一般。

他們就這樣掐著脖子，窒息、皮下出血，倒下不動了。我咳了幾聲，想拉開大門……白牙閃動，幸好我門關得快，不然大約半個頭都被啃掉了。

嘖。對付我這樣一個人類女人，三個吸血鬼不夠，居然門外還圍了十幾個。他們真把吸血鬼的臉丟光了。

他們不敢進來，我不敢出去。雖然對人類毒性輕微，但聞久了也頭昏腦脹。正在想該怎麼辦的時候……鐵製的大門被兩個吸血鬼撞飛……我想他們不是志願軍。

吸血鬼的腦袋是很堅硬沒錯……但不至於想把腦袋砸爛好把門撞開吧？

我根本沒看到門外發生什麼事情，連聲喊叫都沒有。我只看到滿地正在風化的屍塊，和同樣正在風化的血泊。

一定是幻覺，我覺得。眼神狂亂舔著手上的血的，絕對不是羅斯，這一定是「藥方」帶來的副作用。

所以他轉眼看向我的時候，我沒有動。為了藥物造成的幻覺逃跑太蠢了吧？這一定是某個吸血鬼獵人……搞不好是胡常月。我一直覺得他深藏不露。

他眼睛睜得很大，扶著我的臉。突然把我抱個滿懷。

等等，等等。這個滋滋聲是怎麼回事？只有血族或吸血鬼碰到我纏在身上的銀鏈才會發出這種聲音吧？簡直像是鐵板燒。

「……羅斯？」我驚恐的發現，這不是幻覺。喔，天啊……我不但戴著銀護頸，手臂和軀幹都纏著銀鏈！「快放開我！你很快就被純銀煮熟啦！」

「我不要放，我不要！」他抱著我哭了起來，「我以為妳死了……待霄……我的待霄……」

我像是洩了氣的皮球，掛在他臂彎裡。「……我還以為我的名字叫做『蘭』呢。」

他終於肯放開我了，無比仔細的看著我的臉。「妳是待霄啊，蘭比妳好看多了。」

……我很想用銀鏈把他勒死。但我實在吸入太多藥方，以至於昏過去。這真是令人遺憾。

＊　　＊　　＊

雖然我醒來以後，跟羅斯大吵了一架，但我畢竟知道他是個直肚腸的白痴，並沒有跟他計較。再說他那麼真摯的悲痛，也讓我沒用的軟下心來。

只是，我還是嚴厲的跟他分手了，這次當面說清楚，不再透過什麼信件了。反正他的中文程度眾所皆知，就算亞伯幫他翻譯也無用。

他一直沒搞懂為什麼我為了他叫錯名字就要離開他。他力陳心底真的沒有蘭，只是他對我們這些女人的感情一直都是一樣的。他都叫了五年同樣的名字，難免也會叫錯。

我願意從他的角度去看待，一個壽命長遠的血族。他的確愛著這些人類女人的「花兒」，對他來說，我們就是短暫卻璀璨的「花兒」，名字並不重要。他不懂即使是相同種類的花，今年開的絕對和去年凋謝的那朵不同，但我願意從他的角度來理解，雖不滿意但勉強可以接受。

真正讓我跟他分手的緣故是，血族決定還是派駐個自己人來管轄這個戰略位置重要的島，避免讓吸血鬼獨立軍搞同樣的鬼。而羅斯自告奮勇，幾個長老級的血族親臨本島，慎重的執行了一個類似就位儀式的典禮，連我都被邀了。

典禮沒有問題，我也自問穿著合禮得宜。但在引薦給長老們時，羅斯不太自在的放開我的手。

我曾經孤獨的獨居過。這種徹底的孤獨讓我對所有的肢體語言，隨著觀察能力的上升而特別敏銳。陪同所有血族的，都是「漂亮姊妹」，而我……

畢竟在派對時，燈光昏暗，來往的幾乎都是人類，就算是血族，也是同輩或身分低於他的。典禮中燈火輝煌，都是族裡顯赫的血族，帶來的當然是一時之選的「漂亮姊妹」。

亞伯在床上對待佩姬宛如皇后……但他帶出場的是個嬌豔欲滴的紅髮美女。

羅斯連我的臉都不敢看呢，我絕對不會以為他是害羞。

我沒有生氣，真的。喜好這種東西根深柢固，何況他都幾百歲了，早就本性難移。他或許很愛我的心、我的靈魂……可能更愛我的血啦。

但他一直很誠實的不愛我的臉。

「……我沒有！」聽完我的分析，他只擠得出這三個字，卻面紅耳赤。「難道妳希望我跟亞伯一樣，也養幾個漂亮的女人充場面？」

「我不喜歡那一套。」我心平氣和的回答，「羅斯，別讓我們倆都很痛苦。我沒辦法換外表，你沒辦法變更喜好。別逼我……逼我轉身再逃走。你一定要逼我逃到你找不到的地方？或誰也找不到的地方？」

他的臉色漸漸陰沉下來，我想他動怒了。「我可以拘禁妳、強迫妳。妳別想逃得走。我以為妳死了的時候，妳知道這短短幾個月我過著怎樣的日子？」

「你不會這麼做的。」我疲倦的回答，「因為，我很了解你。你比人類有良心多了……但我們不能在一起的主要原因，就是因為你太像人類的男人。」

他強烈的注視著我。我想他完全明白，或許也認同吧。我們就是隔著這樣的鴻溝，沒辦法。或許有人會說我故作姿態，鑽牛角尖。但這就是真實，愛情沒那麼偉大，足以征服世界。

更何況江山易改，本性難移。

「……我不再吸任何女人的血，待霄。」他湊在我耳邊低語，「妳要看我衰弱下去嗎？」

我頓住了。這傢伙。不只我很了解他，他也很了解我。

「你可以來『用餐』，甚至作些什麼都行。每個禮拜天。」我聳聳肩，「其他的時候你不能來。你要什麼都可以拿走，除了我的心。」

「妳的意思就是性伴侶？」他握住我的手臂，「為什麼？為什麼要貶低到……」

「因為我愛你啊羅斯。」我大聲的說，「我很愛你，所以我願意捐血。但我們不合適，你有你的原型情人，我有我的原則和自尊。你沒有辦法很榮耀的介紹我，我很抱歉。所以我讓你走啊，也請你不要再傷害我了。」

我甩開他的手，一路走一路取下耳環和首飾，一路哭著。

不是美女，我也很遺憾。我對這一切都很抱歉，可以嗎？但連情人都羞於介紹我，我真的要為了愛情犧牲到這種地步？連自尊都可以扔在腳下踐踏？

我辦不到，對不起。一切都是我的錯，對不起。

結果我沒辦法回家，直接回葬儀社。雖然不是我的班，但我既然願意免酬幫忙，老闆當然也就不在意。

我洗了臉，換了衣服，戴了手套，走入我的小房間。門早就修好了，老闆一直以為是喝醉酒的青少年進來胡鬧，抱怨他們留了一地的紅沙，卻什麼都不知道。

一個鼻青臉腫的逝者靜靜的等待我。這是一個家暴的犧牲者，活活被丈夫打死。

沒關係的，不要怕。我輕撫她冰冷的長髮。再也沒什麼可以傷害妳了。死亡是這樣可怕的公平……但也這樣的慈悲。

不要害怕。

我幫她最後一次的沐浴，仔仔細細的。撫平她每一條傷痕，替她更衣，像是幫嬰兒穿上第一件衣服般輕柔。吹乾她的頭髮，細細的幫她化妝。

有時要抽掉一點瘀血，有時要打入一些填充。將她破碎的傷痛完整癒合，替她打上最好看的粉底……最後我選了正紅的口紅和指甲油。

我希望她……所有的痛苦都可以終止，並且美麗的走向最後的終點。

走完她的全程，從沐浴到入殮，我完全不知道時間過去多久。看她宛如睡美人般躺在棺木中，再也看不到驚懼與蒼老的痕跡……

我將手埋在手心，大聲的哭起來，成為她第一個哀悼者。

終於知道，為什麼我喜歡這份工作。

因為我不能親手埋葬自己，只好溫柔的對待每個逝者……因為我已經無法溫柔對待活著的人……或血族。

他們都會有意或無心的……傷害我。

羅斯沒有來找我，亞伯卻來了。

看到他我真的非常訝異。他一直都看不起人類，之前在紐約，是因為羅斯，所以勉強屈就，現在又是為什麼？我已經自棄那個方便又安全的身分了。

「是我騙羅斯說妳被吸血鬼帶走，應該是死了。」他平靜的說，「所以他沒去找妳，他沒想到我會騙他。」

我張大眼睛，瞪著亞伯。我聽羅斯說過，血族之間情誼深厚，果然是真的。我請他進來，但屋子真的太小，我只好請他坐在電腦椅上，泡了一杯烏龍茶給他。

「台灣的茶很有名，果然好。」他喝了一口，很是稱讚。

「同事從老家帶來的，他們家的茶年年得獎。」我笑了笑，「平常我捨不得喝……但謝謝你還願意為羅斯撒謊。」

換他張大眼睛了。

這是很簡單的推論，好嗎？我寫信的時候感情激動，忘記用比較淺的辭彙了。

我猜羅斯大半都看不懂，即使亞伯幫他翻譯。他那個衝動的傢伙，大約只想到吸血鬼的詭計，何況我回台灣，距離一整個太平洋，他根本「偵測」不到我，當然認定我死了。

亞伯只要默不作聲就好了，根本不用騙羅斯。這個老成精的血族，也不會用這種留下把柄的手段。

「……亞伯，你這樣高貴的血族不該為了羅斯那笨蛋說謊，有違你的身分。」

「他是個衝動的笨蛋。」亞伯苦笑，「缺點比人類還多。但他快餓死了，待霄，他連血漿都不肯喝了。」

「……那他就違背了血族的期望，他不是來這兒自殺的。」我將臉別開。

我們倆都沒講話，只是默然無語。亞伯比羅斯聰明通透許多，冷靜而富分析力。羅斯可能不懂，但他懂。

良久，他開口，「只喜愛美麗的事物，是血族可悲的天性。」

「既然如此，你留著佩姬作什麼？」我看著他。

他冷靜的表情有些變化。亞伯是堅持「溫食」的血族，意思就是他絕對不吸食血漿。我見過他和佩姬相處的時候……他的防備都放下了。

就算是家畜，佩姬也是最特別的那一個。

「……她的這裡，」他指著胸口，「美得令人屏息。」

「但你羞於將她介紹給你的血族們。」我將眼淚逼回去，「就像羅斯。佩姬忍受得了，我不行。我大概不夠愛羅斯，很抱歉。」

但我請他等一下，抽了兩百五十CC的血給他，請他交給羅斯。

他接過血漿時，眼神突然蒼老下來，像是無數歲月都一起發作。「你們都是還沒長大就死掉的可愛孩子。讓我覺得驚喜……繼之悲痛。」

我準備了好一會兒才開口，「相信我，我們的悲痛與你們相同，甚至到死都難以痊癒。」

他離開以後，我抱著頭，屈身躺在床上，什麼都不能做。我告訴自己，這是因為失血所以無力。

但我真不該給羅斯那些血，讓他餓死算了。我才剛睡著，在黑暗中卻被人按住，差點把我嚇死，正要按下剋制吸血鬼的噴霧器（就在我枕頭底下）時，羅斯悶悶的說，「我願意改。」

扭亮檯燈，他憔悴得驚人，藍眼睛顯得更大更亮，像是被什麼灼燒般。「我真的不是把妳當成家畜或食物，真的。妳不知道我以為失去妳時，過著怎樣的日子……比照到陽光還糟糕，真的……」他的眼淚滴到我臉上。

別重蹈覆轍。我嚴厲的警告自己。讓人隨便跪或哭回去，將來只能說自己活該，不說別人不同情，自己也不能原諒自己。

「別傻了羅斯，你可以找到大把又漂亮性情又好的女孩，血的味道說不定更讚……」我想推開他，他卻把唇壓在我唇上。

我啊，真不該給他我的血，恢復我們失聯的聯繫。我想把感官關到低的刻度，但卻辦不到。他這幾個月強烈的痛苦、懊悔、自責和空虛，像是洪水一樣擊垮了我的控制力。

我很沒有用的哭了。

軟綿綿的躺在床上，我開始懺悔我薄弱的自制力。我根本沒有抗拒，他的襯衫還被我扯掉好幾顆鈕釦。應該說，連脫光衣服都來不及，該做的流程都做完了。

就著檯燈，他柔情而專注的看著我的臉。我想別開，他卻不顧我的臉紅，硬把我的臉扳正，用力的看著。

「……幹嘛啦！」我只能轉開視線。

「我正在努力習慣。總要習慣妳的臉嘛……亞伯說看久就美了……我正在努力。」

我一巴掌打在他臉上，整個手都麻了。

之五　月老酒

我在台北市租個小套房，大小只有個火柴盒般大，卻要一萬五。雖然又小又貴，但大樓出去沒三步路就有捷運站，附近又有超市和7-11，金石堂和誠品都有，生活機能非常完善，我又身無長物，獨居其實是夠了。

當初我想買高架床，但家具商送來的卻是雙層床，還不讓我退。我是很不會吵架的人，也就算了。所以我睡上層，下層拿來放衣服和雜物，床底下放書。幾個塑膠箱也整理得整齊，布簾一拉，也頗像回事。

但等羅斯這傻大個塞進來……就像把大象放進鞋盒裡。

我不懂，我爬上樓梯，到床上去睡覺都平安無事，為什麼他爬上來就會撞到頭。尤其是我們……呃……在做「大人的運動」時，他還因為激動把天花板撞凹了好幾個痕，樓上的還憤怒的下樓跟我們理論，叫我們不要亂敲天花板。

我是說……羅斯不能算是不體貼，他也的確用對待蝴蝶的力氣（相對之下啦）對待我。但他激動起來真的令人髮指，我真不知道他是怎麼搞的，居然把我的雙層床弄垮。

幸好我在他身上（……），所以沒受什麼傷，但斷裂的鐵條插中了他，還拗斷過去。

「妳要不要緊？要不要緊？」羅斯慌著在我身上亂摸，「有沒有受傷？」

我瞪著穿透他胸膛的鐵條和泉湧的鮮血，「你……你被……」

他低頭看看鐵條，滿不在乎的抽出來（跟著一道血泉），順手一拋，「小傷啦，妳沒事吧？……哎呀，妳擦傷了。」他開始舔我手臂一小條幾乎不見血的擦傷。

「什麼叫沒事?!」我摀著他的胸口，「我們、我們快去醫院吧……」冷靜、冷靜……媽的我冷靜不下來！我跨過滿地雜亂，開始亂翻抽屜，我記得我有紗布啊……

「……妳會心痛唷？」他的臉色漸漸變了，越發蒼白，「……真的會痛……」彎下腰來。

「羅斯！」我趕緊撲過去按住他的傷口。

「好痛喔，送醫院是沒用的……待霄，把我的血吸出來，然後還給我……」他痛得不斷呻吟。

「什麼?!」我整個目瞪口呆。

「血族的血很寶貴的……哎唷……我看不見了……」他倒在地上。

……我不想變成吸血鬼，但也不想看著羅斯死掉。硬著頭皮，我試著吸羅斯傷口的血，一下子甜腥的鐵鏽味充滿口中，但份量倒是意外的少。然後把嘴裡的血對著他的唇，還回去。

我猜我只喝到一點點，但我覺得好熱。而且覺得他的吻……很美妙。我聽到一聲野蠻的尖叫，好一會兒才懂是我自己的聲音，我撲到他身上，還讓羅斯的腦袋敲到地板，發出很大的聲響。

唯一還記得的是，我和羅斯像是角力般糾纏，那個自稱痛得快死的羅斯，快要把我撞到地板裡面去了。

兩個小時後，我的腰整個快斷成兩截，樓下的鄰居憤怒的來按門鈴和踹門。

還昏昏沉沉的我，費力的穿上羅斯的襯衫，隔著門鏈跟鄰居說了一百遍對不起。

等憤怒的鄰居走了，我轉身看著滿足的躺在地上的羅斯，他胸口的傷口早就不見了。

「……你騙我對不對？」靠著門，我有氣無力的問。

「我不知道妳這麼單純。」他大笑，「一根小小的鐵條妳就緊張成這樣……妳愛慘我了，待霄。」他爬起來抱住我，低頭舔我脖子上的咬痕，「果然一點點『鼓勵』，妳也是非常熱情的啊……」

我真懊悔上了他的大當，喝了一點點血族的血。這個淫亂種族的血液是很強的春藥。我更懊悔居然使盡了力氣。

不是我累到手腳發軟，他又使了兩光的半套催眠術，他不會只有那一個洞……大約整個胸膛跟生日蛋糕上的三十根蠟燭一樣精采了。

「妳怎麼越來越難催眠了？」羅斯抓著我的手喊，「把鐵條放下來！我還以為妳把力氣用完了……」

「放開我！你這騙子！」我聲嘶力竭的掙扎，「我非刺穿你幾個大洞不可！」

這就是為什麼我要搬去羅斯那兒的原因。他這頭蠻牛拆了我的床，我再也不讓他到我家來了。他好說歹說，又求又哄的，為了不再損毀更多我的家具和財物，我勉強答應了。

去的時候，我只帶了一個行李袋，也沒有退租。他說他在台北的居處是個小房間……我早該知道他的中文不好。

的確在大廈中的房子只有一個房間，但那個房間就有五十坪。

……小房間？

「是很小啊！」他聳肩，「我本來以為妳紐約的公寓就夠小了……這裡大約只有妳紐約的公寓那麼大而已。」

……這是寸土寸金的台北市，最精華昂貴的地段。我看著精緻、簡約、低調華貴的「小房間」，光這裝潢費我就不敢算了。

「我可是打聽過了，全台灣最好的整型診所就在隔壁而已……我想……」他很陶醉的說。

幸好我行李還沒打開。我旋轉腳跟，把行李甩上背，轉身就要去拉大門。

「是我要去整型！可以吧？」他瞬間攔著大門，「我絕對不是試圖要妳去整型，也絕對沒有幫妳預約，更沒有拿妳的照片給醫生！」

我把行李摔在他臉上。

不過羅斯不是個容易放棄的人，他明白我的弱點，所以一本正經的拿小抄來跟我溝通。

我一直都學不會任性和無理取鬧，凡事都力求講理。羅斯耍白目的時候我可以勃然大怒，但他跟我分析討論，即使談的是整型，我也沒辦法當面給他難看，而是認真的聽。

總之他講了一大串，總結起來就是「維繫長久關係，需要雙方些許讓步和妥協的努力」。

狐疑的看他半天，我把他的小抄拿來看。「……誰幫你捉刀的？亞伯？」

「當然不是。」他滿臉受傷，「我用法文寫完，請人幫我翻譯。亞伯只推薦了一個在地不錯的翻譯而已。」

……連要跟我爭辯都這麼用心，果然他不是笨蛋，只是中文很爛而已。

既然我認同他的看法，那去看整型大夫似乎也沒什麼不行……雖然答案我早就知道了。

醫生聽說我有蟹足腫的困擾，很謹慎的幫我做了測試。情形真是不樂觀到極點，連這位名醫都不敢為我開刀。

羅斯臉色大變，好像剛剛被宣告癌症末期。

「換個漂亮的女朋友吧！」我倒是心平氣和的建議。

「少來！」他忿忿不平，「醫學日新月異……」

「那你先全身除毛吧，除了頭髮以外。」我聳肩，「之前怕傷你的心，我都不敢說。反正你都不怕傷我的心了，也沒這層顧慮。其實我討厭透了你身上的每一根毛，讓我非常噁心。」

他立刻「哈」的一聲恐嚇，虎牙也冒出嘴唇。「這是我最引以為傲、性感得不得了的地方，妳居然說噁心?!」

「我也很喜歡自己不惹麻煩的臉，但你也非常討厭。」我複述他的話，「維繫長久關係，需要雙方些許讓步和妥協的努力。」

他被我堵得說不出話來。我等他先聽進去，然後補上臨門一腳。「現在還不晚，換個漂亮女朋友吧！」

「……我多收一個女人，妳……」他遲疑了。

「我就搬家，咱們就此絕交，永遠不見面。」我冷酷的說，「我說到做到。下回我不會那麼傻，在你面前戳脖子。」

死都不怕了，還怕失戀喔？長痛不如短痛。

他立刻把我拖回去，我也沒抵抗。他虎牙都快抵到下巴了，嚇壞整型醫院的人總不好。執行什麼「愛的懲罰」比較累的是他又不是我，我還可以裝死。

「東方的女子是不是都比較絕情？」他壓低聲音，在我耳邊痛恨的說。

「誰讓你運氣不好，都遇到絕情的東方女子。」

這一回合，羅斯大敗。

我想他不是氣瘋了，而且突然有了強烈的危機意識。晚上我去哪他都要跟，連吸血鬼的聚會都不放過，但何老師他們被嚇個半死。

突然空降血族當中最瘋的那一個，這群逃避戰火的在地吸血鬼其實都考慮搬家了

（比方撒哈啦沙漠）。我覺得他們又沒什麼大惡，安分守己的住在這個炎熱潮溼的小島許多年，沒惹什麼亂子。

就隨口跟羅斯提了幾句，建議他讓手下（他帶來的官方吸血鬼）造冊管理，反正血族資本雄厚，這島的人類課稅就很凶了，哪裡還好剝層皮？也就放過對這些吸血鬼的徵收，讓他們安居立業，反正本地吸血鬼也沒造反的野心和打算。

羅斯本來就是不拘小節的血族，他聲名狼藉，也用不著立什麼威，就照著這樣辦了，他的手下幾乎都是官僚或學者出身，比較適合去戶政事務所上班或在博物館編纂手冊，也樂得脫離戰場的玩文書作業。

以前我就懷疑過了，現在非常肯定。別人家的官方吸血鬼大約都還兼具守衛和軍隊的功能，羅斯的手下大約是裝飾用的——大家都有，他也不能沒有。既然打架都自己來了，那文書作業和賺錢就交給手下好了。

聽說還有幾個沒跟來的，在華爾街呼風喚雨，賺錢給這個其實也花不到什麼錢的血族主子用。

我拉開羅斯的衣櫃時，差點笑翻。我本來以為他只有一件大衣，結果是相同樣式的十來件，很清一色〈駭客任務〉尼歐的那一件，就在材質上有所變化而已。

平常他喜歡穿背心T恤和牛仔褲，只有幾套正式西裝和燕尾服掛在衣櫃角落生灰塵。倒有半打獵靴。從衣服到鞋子，幾乎都是深色系的，黑色居多。我不覺得他是想耍神祕……只是懶得用心去配色罷了。

他倒是很愛幫我買衣服，可惜那些昂貴的華服都沒有我的size。為此他在店裡發過脾氣，說這些衣服只有童裝尺寸。

很奇特的，他對我的臉非常不滿意，身材卻從來沒有微詞。有回他摩挲我實在一點都不細的腰很久，我忍不住問他，他反而困惑了。但他的中文太爛，我英文太敗，一週後他家裡就掛了一幅油畫，但我不想問是不是真品（遮臉）。

他跟我說，那是文藝復興時期吉奧喬尼所繪的「維納斯」。

「這身材就跟妳一模一樣啊。」他很迷惑，「妳的胸部還比較大，細緻又光滑，曲線多柔軟，很美啊！」

我忘了他活了好幾百歲，對身材的審美觀一整個復古。我也才知道，在他口中的「肥美」不是貶詞，而是褒讚。

……我又離題離太遠。

總之，因為我無意的隨口提幾句，本地吸血鬼因此沒受到太大的打擾，感激到讓我全身不自在。若是別人邀約，我就不會去，但何老師畢竟是我在地認識的第一個吸血鬼朋友。

他聒噪而妻奴，讓人啼笑皆非，但也對人類抱持著比較溫柔的情感。如果說，我應他的邀請去參加聚會，能讓他在本地圈子提升地位，只有好處沒有壞處，也不費我什麼事情。

只是我沒想到羅斯也硬跟來，讓與會的吸血鬼大受驚嚇又覺榮耀。這我倒說不上是好事壞事，這樣讓本地吸血鬼的立場從中立偏向血族，獨立軍可不會很高興。

明明我很討厭政治，但還是得逼自己很政治的去設想。

一開始，氣氛有點僵硬拘束，但幾杯血腥瑪麗（人血混伏特加的吸血鬼飲料）下肚，聒噪的何老師和羅斯居然聊得很開心，兩個都有點白目的傢伙一拍即合，頗有相見恨晚的態勢。

漸漸的，在地吸血鬼摸清楚了羅斯的個性，男性只要離我三尺以上，就可以跟我安全說話，女生更可以靠近些，不至於被他令人膽寒的怒目而視。氣氛開始活絡，其實和尋常的派對沒什麼兩樣。

只是在地吸血鬼異常低調，各行各業都有。我跟人交換了一堆名片，從大學校長到棺材店都有，還有不少在公家機構，當中還有個少年隊的大隊長。當然服飾就不像在歐美那麼的時尚，許多吸血鬼還改變髮色和容顏向東方人靠攏，或者設法拿張混血兒的證明書。

我承認，之前對吸血鬼有許多成見。但所謂物以類聚，會逃避戰火到這不適合生存的小島，這樣的吸血鬼通常是個性比較斯文溫和的。何老師不是唯一和人類結婚的吸血鬼，有的配偶不但知情，還成立了個「V友協會」，交流相處心得和心理調適，甚至也提供法律諮詢（萬一要離婚的話）。

這一切真是現實又超現實，跟我聊天的就是V友的會長，一個迷人的女吸血鬼。

「……我們真的很感激妳。」她突然天外飛來一筆。

「我什麼也沒做。」我苦笑。

「妳無心的幾句話，讓我們保有尊嚴和自由。」她莊重的說。

好一會兒，我考慮該怎麼開口才好。「……我是人類，所以不能介入你們的種族戰爭。但我們也都是同在這個島的居民。我們遵守著相同的憲法和法律……我們都是這塊土地的人。這真的沒什麼，拜託不要放在心上，我反而很難為情。」

她定定的看了我一會兒。「我三百五十歲了，當然是從死後算起。這是最不適合吸血鬼居住的島嶼，但卻擁有最兼容並蓄的文化。而妳，你們。是我見過最友善的人們。」

「妳是說，沒有宗教和種族戰爭，沒有魔女審判和火刑嗎？」我笑了，「或許其他人不覺得，但我感謝妳的溢美。」

當然，他們是獵食者，而我們人類是獵物。只是文明不是扭轉人類而已，他們也同樣受文明洗禮。據我所知，他們改食血漿，攝食「溫食」的時候盡量在合理的量，同時將人類的記憶洗去。

而且不再隨意將人轉化成吸血鬼（聽說基本操作也很複雜，不是每個人……我是說吸血鬼都辦得到）。

或許基因科學總有一天不再去弄些複製羊這類的笨事，而發展出人造血液之類的，讓吸血鬼與血族更和人類可以和平共處。

那天的聚會很愉快，甚至他們還邀我們再去，羅斯也答應了。

但回去的路上，羅斯卻心事重重。「……妳開始同情吸血鬼了嗎？」

我看了他一眼。不知道該發脾氣好，還是乾脆別理他。

「英國如果和美國打仗，我也只能看著。」我說，「但英籍朋友和美籍朋友，依舊是我的好朋友。」

他想了好久，想到我們回到家了，我疲勞的拿下耳環，他才開口。「蘭雖然比妳漂亮多了，但妳比她聰明。人類就該自私一點嘛，還要談什麼天下為公……」

我頹下雙肩，已經不想跟他生氣了。我把脫下來的耳環戴在他耳朵上，然後去洗澡……

接著把銀護頸和銀鏈戴在身上睡覺。

他撲上來的那聲慘叫，真是精采絕倫。

＊　＊　＊

不見五指的黑暗中，我摸索著找鬧鐘，發現已經六點多了，而我九點要上班。才起身，羅斯就壓過來，然後一聲痛呼。在一連串各國的髒話之後，他終於調整到正確的語言。

「他媽的（他終於懂這句的意思了）！喔，天！待霄，妳就不能拿走這些該死的純銀嗎?!妳是不是很愛虐待我？妳老實說！要不要算算我身上多少水泡？要不要?!」

我扭亮檯燈，看著他鼻尖還沒癒合的焦痕，真的要很努力才不會笑出來。

「就說我去沙發睡就好，是你不肯的。」我聳肩。

「閉嘴！」他嘶聲，「我的女人就該跟我睡在同一張床上！」

「天亮了啦！」我坐在床緣，「回你的棺材去。」

他賭氣躺下去，拿棉被蓋住腦袋。

台灣炎熱潮溼的天氣，讓他抱怨棺材很熱又很悶，除溼機都不能降低他的抱怨。他乾脆去定做了整套隔絕紫外線的窗簾，白天真是伸手不見五指，他老大就這樣睡死在床上，旁邊開著三台除溼機。

和吸血鬼不同的是，血族極度厭惡太陽，但不至於照到陽光就冒煙。有些血族會抗拒白天的強大睡意，白天也能自由行動，譬如亞伯。這像是人類的熬夜，只不過血族是熬白天罷了。

如果不是我戴著銀護頸和銀鏈，羅斯都會強熬著不睡覺，硬要讓我拖到遲到邊緣才心不甘情不願的讓我走。昨晚他連碰都沒得碰，在我旁邊磨了一夜牙齒，我想他是痛苦莫名吧！

以前佩姬就很訝異羅斯居然只有我，我本來以為是佩姬甘於犧牲，後來我想，應該是更切實際的問題。雖然這樣說很失禮，但血族不分男女，幾乎都是種馬，醒著就開始發情，入睡才能終止。

我猜想，這個古老而歲月悠遠的種族應該有繁衍上的困難。他們很難得有子嗣，漫長一生有個一、兩個孩子就算人丁興旺了，這可能逼迫他們演進成盡量爭取繁衍的機會，就成了這樣對性過度感興趣的習性。

據說，血族的歷史和人類差不多悠遠，可以上溯到萬年。單一種族而繁衍這麼長久，社會文化已經繁複到一個極致了，尤其是婚嫁。血族之間的追求和交往、結婚儀式和之後的同房，規矩差不多跟封建時代的皇帝一樣令人崩潰，根本無法滿足他們力求繁衍的天性。

慣於當貴族的血族，不分男女，都養了大批的後宮，對象幾乎都是人類。畢竟他們的食欲和性欲是綁在一起的，社會結構宛如種姓制度的血族，是不屑和「被污染」的吸血鬼同床。對他們來說，吸血鬼是血族社會中的僕人，而人類則是「非血族」，地位反而比較高。

但是，單一人類要徹底滿足血族的食欲和性欲，其實是很困難的。一開始我很鄙夷這種後宮，但想想他們還是有能力維持後宮的，人類的男人根本就心有餘而力不足，還不是三妻四妾的擺著觀賞用，就願意平心靜氣的對待這種不同文化造成的差異性。

只是我不接受這種文化，羅斯也比較喜歡單獨對一個。這樣我當然比較累，但他可能是讓歷任的人類女朋友教育得很好，所以大致上，我們彼此都還能滿意。

梳洗完畢，羅斯還蒙著頭。有時候他真像小孩子一樣……我想他是睡著了吧。

我習慣性的拉下他的被子，想吻吻他的額頭好去上班，一掀開被子，他目光炯炯的看著我。

不妙！

「待霄，」他隱隱含著毒藥的甜嗓，「把所有的純銀都脫下來，扔到地上。」

在徹底沒有防備的情形下，我毫無辦法的中了他的催眠。呆呆的脫掉上衣，拉出銀鏈，解開護頸。我忘了他是獵殺者，擁有一種堅韌的耐性。

他壓上來的時候，我還在跟他那兩光的半套催眠術奮戰，「……我上班要遲到了！」

羅斯很乾脆的把鬧鐘摔到牆上，「什麼遲到？」

等我好不容易掙脫了催眠術，轉過身背對他，羅斯卻像是八腳章魚似的纏上來，虎牙在脖子和肩膀之間摩挲。

「……羅斯，不要鬧了。」我咬住嘴唇。「我現在不要！」

「哦，好呀。」他在我耳邊低語，「我沒有弄痛妳吧？有嗎？妳好溫暖啊……」

我將嘴唇咬得更緊，盡量壓住任何聲音。

「妳忍得滿頭大汗呢，」羅斯這該死的傢伙，「沒關係，我們時間很多。我不在乎整個白天都不要睡覺……」輕輕綳的一聲，我想我的胸罩又完蛋了。他煽情的舔著我臉側沁著的汗，還把舌頭伸進耳朵裡。

最後我還是崩潰了，足足遲到了一個鐘頭。雖然搭捷運不過十分鐘的路程。他在我身上肆虐到睡意終於征服了他，我這才逃出生天，但已經兩腿發抖虛軟。

「把那些該死的純銀丟掉！」他睡意濃重的低吼，半個人沉重的壓在我身上，「我和我的女人之間，不要那種該死的鬼東西！」

然後他開始打鼾了。

我花了很大的力氣才從他的魔掌逃脫，踉踉蹌蹌的衝進浴室淋浴，這才能去上班。

幸好我快調到下午班了，不然我遲到的紀錄真的越來越慘不忍睹。

好死不死，那天胡常月又到我們葬儀社辦事情，他盯著我脖子上的幾個瘀青，眼神有些奇怪。

「噢，哇。」他說，「狂歡的夜晚，嗯？」

關你屁事啊？「我有男朋友。」我決定單刀直入，徹底解決這種詭異的曖昧。

「他是活人嗎？」胡常月笑。

我看了他一眼，進去小房間，關上鐵門。我真的不知道他了解多少，或知道什麼。也不清楚他到底是真的知道，還是想套我的話。

但我上完自己的班，他居然還在，並且遞了一把蓮花給我。

我不知道他的意思是什麼。

回到家，已經下午兩、三點了。屋裡還是暗無天日，我扭亮了燈，把花擱在茶几，正在尋找花瓶，羅斯不知道幾時冒出來，從背後抱住我，把我嚇得差點跳起來。

「膽子怎麼還這麼小？」他的聲音含糊，似乎還沒睡醒，「妳帶什麼東西回來？」

「蓮花。」

他覷著茶几，「聖水養護的蓮花。」

羅斯懶洋洋鬆開我，拎起那束猶有露珠的蓮花，他不在乎的笑了笑，撕下一片花瓣，遞入口中。

「……你在冒煙。」我目瞪口呆。

「是呀，」他聳聳肩，「但也就這樣，聖水的配方是血族開發的。妳說我們會開發殺害自己的毒物嗎？但做做樣子還是必需的。」他欣賞著那束花，自己找了個水瓶插好。

「哪，是誰送妳的？」他轉頭問。

「……常來我們葬儀社的一個道士。」我開始思考這背後的意義。

「道士？不是神父？」他困惑了，「道士是那種搖鈴鐺，抓殭尸那種吧？我在香港看過電視這樣演。」

「……我也想知道。」我喃喃著，苦思起來。

我調到下午班的第五天，胡常月來了不意外，但厭惡陽光的羅斯居然充滿毅力的跑來了。

進入陰寒的葬儀社，他呼出一口氣，把圍巾和太陽眼鏡、帽子、手套，通通取下來，但還是穿著大衣。

……在七月天穿大衣，幹得好。

我會詫異的跑出來，是因為他實在吸了太多我的血，我們的聯繫越來越堅固清楚。他搖了搖頭，吐出一口氣，臉色有點蒼白，卻沒有變成一堆灰燼或冒煙什麼的……雖然我早就知道他不會。

但我知道他消耗了不少體力，現在可是很餓的。一看到我，瞳孔整個放大，我想他是非常忍耐才沒冒出虎牙。

「……你來幹嘛？」我疾走到櫃台，低聲說。

不能當眾吸血，過過乾癮也好。他假裝吻我的手，事實上是一根根的啃。「送花的男人在這兒，對吧？因為妳心底感到不妙。」

……胡常月剛是經過我的小房間沒錯，但他只從門上方的玻璃窗跟我打了個無聲的招呼……這樣他也知道？

「我知道的可多了。」他小聲的說，已經開始啃我的手掌了。

我是不介意讓他過過乾癮，但櫃台小姐和同事已經好奇的看過來了。他不在乎形象，我在乎。

「這是我……」我尷尬的對同事介紹，「我男朋友，羅斯。」趕緊把我的手抽回來。

同事幾乎都瞪大了眼睛，男同事露出一點好奇和鄙夷，女同事幾乎都是豔羨和不可置信。

本來有點不高興（像是奶嘴被拿掉的小鬼==|||）的羅斯，聽我這麼說，突然大大的開心起來，用力摟住我的肩膀，說，「是呀，待霄是我的女人。全身上下都是我的唷～☆」

我矇住臉，羞愧的想鑽地洞。「……對不起，他中文很差。」

「他只是陳述事實，不是中文差吧？」胡常月走了出來，一臉似笑非笑的。

接下來發生的事情我就完全摸不著頭緒。我想想怎麼描述好了……總之，他們並沒有實質上的動手，而且臉上都保持著笑容。

但我和羅斯有著血的聯繫。這實在很難說明……應該說我們可以感應彼此的情緒。不過，我終究是人類，我能感受的都是很模糊並且破碎的影像，當然羅斯感應我的部分就清楚得像是在看電影。但這種聯繫平常都是「off」，需要用力去「看」才能感受。

因為我真的不知道他們幹嘛這樣「深情」的互相凝視，笑容還越來越詭異，所以我冒險看了一下。

他們……呃……用心靈打架。

我知道這樣講大概誰也聽不懂，不過看過〈英雄〉的可能就知道。簡單說，這是一種虛擬實境的互相廝殺。胡常月略居下風……但羅斯連虎牙都沒露出來，只是帶著一種惡意的微笑……我知道他鬧著玩。

但他鬧著玩也可能會摧毀人類的意志。

我真該把指甲留長一點。

按著羅斯的眼眶，我威脅的說，「羅斯，住手。」

他嘖的一聲，反手撕裂了胡常月的前襟。

旁人看到的可能是他們倆站著不動，胡常月突然爆裝了。看熱鬧的同事都驚呼起來，但羅斯懶洋洋的笑，用著滲毒的甜嗓說，「你們，沒看到任何異常唷。現在……

先休息一下。」

所有的人都眼神渙散的站著不動。

「哇嗚，」胡常月擦了擦嘴角的血，「血族名不虛傳。」

「回去跟你們老大說……不管是哪個老大。」羅斯拍了拍我的頭，「就說我不同意。」

「但我已經呈報上去了。」胡常月攤手，「沒得商量嗎？你好歹也問問待霄……」

「沒得談。」羅斯冷笑兩聲，「算了，跟你這種小孩子沒什麼好說，我直接找你們老大好了。哪一個？」

「我帶路。」胡常月滿不在乎的笑，他破碎的前襟開始滲血，但似乎一點都不在意。

羅斯拖著我走，我根本還沒搞清楚發生什麼事情。「要去哪？喂，到底你們在說什麼？我不要去任何地方……我還在上班！」

「討厭鬼，上什麼班……？」羅斯咕噥著，「今天是待霄的假日，對吧？」

所有在場的人都愣愣的複誦，「今天是待霄的假日。」

他彈了指頭，所有的人都醒過來，像是什麼事情都沒有的各自忙碌，甚至對我視而不見。

「……我一直以為你的催眠術很兩光。」我終於找到自己的聲音了。

羅斯忍了忍，還是吼出來，「我是血族當中催眠術最精通的高手！我曾經一口氣催眠了中央公園所有的人！」

「……你對我手下留情？」我太驚訝了，真的。

他吼得更大聲，「可能嗎？妳用腦袋想想好不好？催眠得了妳，我會放著等妳挖我眼珠?!」

哎唷，是我天賦異稟？

胡常月噗的一聲笑出來，羅斯這回倒是虎牙冒得像是劍齒虎了，應該是非常火大。

胡常月開車載我們去霞海城隍廟。

來拜拜的人很多，真的。連我都買了香和金紙。但我在拜拜的時候，羅斯不耐煩的打呵欠。最詭異的就是這個，其他信徒對我們視而不見，像是我們不存在。

接下來發生的事情，我就……真的很難得到正確的解釋。

我跟羅斯的聯繫，頂多讓我看到情緒和破碎模糊的影像，對吧？我像是拿下隱形眼鏡，用著七、八百度的近視眼去「看」，只有輪廓和顏色，連聲音我都聽不清楚。

但我想……只是猜測，我可能看到霞海城隍了。

他和羅斯的應答我完全聽不清楚，羅斯一定是故意的，而且我想和我有關，也和胡常月有關。我不懂他們在做什麼，但羅斯咧嘴大笑，而且重重的和霞海城隍握手。

然後？哪有什麼然後。霞海城隍不見了。這樣的聯繫羅斯執行起來很容易，但對我這脆弱的中年婦女來說真的很累，所以我撐不住，只好關掉，不再試圖去看了。

「嘖，結果攬了麻煩。」羅斯聳肩，「這下你爽了吧，小子？」

「嘿，謝謝成全。」胡常月對他拱拱手，「但我不謝你，直接謝待霄了。」

「有趣。」羅斯露出虎牙笑，「你若是吸血鬼，將會是我最有資格的對手。其實你若仗你那些老大的力量，也還能打上一打呢。就這麼放棄？」

「拿人半斤，就得還人八兩。」胡常月聳聳肩，「我喜歡自己有的。」

「你們在說什麼？」我真的一整個糊塗，「誰來解釋一下？」

胡常月一臉壞笑的湊到我耳邊，「妳答應跟我約會我就告訴妳。」他說完就閃，但還是讓羅斯警告似的在手臂上拉出很長的血痕。

「下次就不會避開動脈了。」被血刺激到，羅斯的瞳孔整個幾乎轉成銀色，「我討厭男人的血，給我滾！」

揮了揮手，胡常月對我眨眨眼，輕鬆的走了出去。羅斯根本不管這是什麼地方，撲了過來，我只來得及把手臂塞進他的嘴裡。

我這麼犧牲，他還很不滿意。「……不是這裡，也不只這個。」

「那不要好了。」我想從他的虎牙下搶救回來冒著血的手臂。

「好啦好啦，先吃一點墊肚子……」他咕噥著，很飢渴的舔著我手臂的血，而信徒川流不息，而且就在霞海城隍之前。

現在我相信他的催眠術很厲害了。

我們要回去前，還轉到側殿。羅斯不肯跟我說到底是怎麼回事，只說他吃很大的虧，非去拿謝禮不可……而側殿是月老啊，我不懂有什麼謝禮。

他很大方的從月老之前拿起一杯供酒，一飲而盡……突然吻了我，帶著我自己血味和酒液，就這樣毫無防備的灌進我肚子裡了。

羅斯還意猶未盡的舔了舔我的唇，非常滿意的樣子。

「這是什麼？這是什麼?!」我揪著他前襟問，「這到底是什麼東西？」

「酒啊，還能是什麼東西？」他笑得跟白痴一樣。

但真正的真相，直到胡常月來找我辭行的時候我才知道。

他說，他是個突然覺醒的靈媒。

胡常月在本地某大學拿到植物學的博士學位，拿到學位的第二天，他被一輛闖紅燈的轎車撞個正著，宣布腦死。

就像發生奇蹟般，第二天他甦醒過來。原本破裂的腦血管居然自體修復，血塊也在幾個月內自行瓦解吸收。

但他原本循規蹈矩的人生就完全走樣了。他開始看得到異類，甚至會被異類試圖搶奪身體自主權。總之，這不是段快樂的經歷，他也因此住了一陣子的療養院。就醫學的角度，他因為大腦受傷所以引發精神分裂（學名很長啦，我記不住，大概是這樣）。

後來有個老先生去探望他的學生，剛好看到他。老先生說，「你又沒瘋，在這兒幹嘛？浪費國家資源。」

於是他成了老先生的徒弟，雖然是個貪杯好色的黑頭道士。這位師父除了教他法事，幾乎沒教他什麼。真正對胡常月有幫助的是，他引薦胡常月拜見霞海城隍，讓他承認自己的天賦（或倒楣），成了霞海城隍的乩身……也認了不少「老大」。

「我需要人罩，妳懂嗎？」胡常月聳肩，「所以我不得不這麼做。這城市的神祇幾乎都跟我有點交情……代價就是我得幫他們辦點事情。神祇不能直接干涉人間……而這城市的通靈人……哈！抱歉……這樣說吧，足以溝通的，大約百萬之一，有能力承受到辦事的……看有沒有千萬之一吧！」

「……你是千萬之一。」我開始有點不祥的感覺，「但關我和羅斯什麼事情？」

仰著頭，他看著窗外的天，「我不想讓人罩了。我已經被這麼捆綁在這個城市，足足十年了。」

「……神明不許你辭職？」我小心翼翼的問。

「喔，拜託，妳當神明是黑社會還是幫派？加入不准退出，不然就賞你一顆子彈？」胡常月笑了起來，「當然不是，只有偽神才會搞這套……哈哈哈。不，不是的。」

他深深吸了口氣，「我在這城市巡邏了十年。其實我能管的事情很少……或說神祇能管的很少。」他想了一下，「我本來以為妳是吸血鬼僱用的人。妳接近死者，帶著淡薄的血氣，手臂有著幾乎看不出來的咬痕。不是城隍爺先為妳作保……我可能就真的會動手逼供或清理。」

「……你知道有人因為吸血鬼而死。」我瞪著他。

「我知道，但我只能把查到的給城隍爺，一層層送上去……事實上祂香火雖旺，卻不算正職，層層公文送上去真的有點遲緩……通常我會各個擊破。但妳表現很好，真的很好。」

「……我只懂吸血鬼。」我心底的警戒真是節節升高。

「其實比較常出問題的通常是吸血鬼，東方的妖怪很難得出狀況。他們大半都很守規矩，並且低調。萬一出了什麼血腥的意外，自己還會清理門戶。但國際化真沒什麼好處……」他聳肩，「讓一些亡命的西方妖怪往這兒跑，幾乎都是犯了重案的吸血鬼。但這次真的規模太大，數量太多……」他指了指天空，「我還在等上面的『援軍』。」

我覺得有點頭昏。這不該是我的世界。但想到羅斯……又只感到傷悲而已。

「待霄，我不想一生都困在這兒，我原本想當個植物學家。」他眼神正經起來，「但我對這個城市已經有了感情。」

他看著我，我卻只能搖頭。「……別鬧，我不會是千萬分之一。」

「夠資格的靈媒通常是橫越死亡、憐憫死者的人，而且多半是女人。」他說。

「……所以你喜歡沾著屍臭味的女人。」我恍然大悟，「你不是把妹而已，你在物色下一個倒楣鬼……」

他肯定而含笑的看著我，慢慢的點頭，「待霄，妳和神明很有緣分。妳要不要考慮一下？其實祂們都還滿風趣的，可以教妳很多東西……連天主駐台辦事處那邊的都願意幫忙，甚至教妳聖水配方唷～☆」

我張大了嘴，真不敢相信我會倒楣到這種地步。追我的男人不是指望我的嫁妝，就是指望我的血，更有個指望我當下任倒楣鬼的混帳道士。

「……不，謝了。請你把這機會讓給其他人……我相信有大把宮廟或通靈人巴不得有這種天命……」

「噗，妳覺得我可以指望那些追求名利或渴望當超人的傢伙？」他笑出來，「好啦，逗逗妳的。」他的視線從我的眼睛滑到下巴，「妳的血族……幫妳接下來了。他願意為妳……成為這個倒楣鬼。」

……羅斯?!你說讓一個血族來維護一個人類城市的安靜？這跟請獅子來看守羊群有什麼兩樣？

「妳是他的轡頭。」胡常月在我耳邊低語，「但我希望……妳成為我的轡頭。」

「你跟人說話一定要這麼近嗎？」我離他往外跨了三步，「別鬧了，胡常月。」

「妳怕妳的血族對我不利？我不怕。」他露出壞笑。

盯著他，我嘆了口氣。「胡常月，我已經夠糟糕了。我們的傷口都相同，同樣失去無法挽回的人生，沒辦法和活人建立正常的關係。這就是我們為什麼都悲憫死者。」我揉了揉眉間，「兩個創傷後症候群的患者……這是最慘的組合。」

他的臉孔整個發白，所有的表情都失去了。

不管是什麼人種，人類，就是人類。我們有很多相異處，但也有更多相同的地方。我知道瀕臨瘋狂的感覺，沒有理智的暴力。那不是……時間可以衡量，也沒有任何數量可以計算。

原本安穩平凡的每一天，突然斷了線，瞬間掉入地獄，不知道有沒有盡頭。即使脫離了那種地獄，但會為了每個轉角處屏住呼吸……不知道命運的猛獸會不會突然撲過來，回到惡夢般的過去。

這不是男人女人、大人小孩的問題。我們，就是心靈脆弱的人類，就這樣。

胡常月慢慢的笑了起來，走過來對我低語，「我真愛妳們這些與死亡為伍的女人……特別通透清醒。」他揮了揮手，走了出去。

說說當然容易。我自嘲。但我也不夠清醒。真的，不夠清醒……足以彌補過去所有的陰影。

但，又怎樣？就是這樣掙扎還能走下去，才像人類嘛。

不過我對羅斯好一些了。我知道他自尊心很重，他是軟硬不吃的血族，大不了大幹一番吧，絕對不會對誰低頭，就算是東方的諸神祇。

但他為我低頭，只是不想我去接什麼天命，假公濟私的替我守護整個城市。我承認女人都有該死的英雄主義，這是我遇到羅斯以來，我覺得他最酷的時候。

如果沒讓我發現真相的話。

有回我半睡半醒的窩在他懷裡，他的食欲和性欲都獲得雙重滿足了，一遍遍的輕撫我的長髮，正是心靈最放鬆的時候。

「月老酒到底是什麼？」我昏昏欲睡的問。

「喔，那是東方的神祕哪。」他滿足的低聲，「我還跟城隍談了半天條件他才勉強答應。以後就算妳跟我隔三、四重大海，我也感應得到妳了。因為我們一起喝了半杯酒，有條什麼紅繩子的綁住我們。」

……等等，等等。

「你不是為了我才答應城隍？」我在他懷裡抬頭。

「那傢伙超老奸的啦。他說一定能夠打動妳，反正東方人都畏神，什麼抬頭有神明的。有了妳就等於有我，何必答應我什麼條件，對妳不公平。」羅斯得意洋洋的說，「是我答應再加十個人類高手維護平安，保證滴水不漏……我還得威脅他哩，他才勉強同意的……」

原來，我被賣掉了。但我不能對城隍爺發脾氣，對嗎？追根究柢，通通都是這個白痴血族的錯。

他說得對，東方人普遍畏神，所以我們這兒少有連續殺人犯。我也是東方人嘛，我很清楚。

「羅斯，」我異常冷靜的問，「你喜歡金木樁，還是銀木樁？或者是復古的純木樁？明天我就去準備。」

「……」

之六　戰爭女神的遙遠呼吸

不知道為什麼，羅斯越來越引發我的暴力因子。

我真的有好好的檢討過，也常常懺悔。我想我是不是從被施暴者成為加暴者，這真不是我願意的，完全不可原諒。

但我不知道為什麼，明明知道羅斯是白痴，但我就是會理智斷線。

「其實我還滿愛看妳抓狂的樣子。」羅斯涎著臉從背後抱住我，上下其手，「妳抓狂的時候……好看很多，連整型都可以免了。」

請相信我，我真的竭盡全力忍下來了……幾乎。若不是羅斯纏著我問為什麼全身僵硬又發抖，是不是很渴望他巴啦巴啦的，我真的會強忍下來。

我一定是失去理智了，才轉身會抬起膝蓋攻擊這隻種馬（血族和人類男人都一樣）的弱點，他也因此放開我，跪成Orz的形狀，並且換他發抖。

只不過我是氣得發抖，他是痛得發抖。

我真的試過了。也非常羞愧的承認，人類真的有殘暴的天性。但因為還沒嫁給他，所以我還可以安慰自己不是家暴。

為了這個理由，我永遠不會嫁給他，真是好消息。

總之，胡常月離開之後，我們的生活並沒有如我預期的有所改變。羅斯照樣的耍白目，我照樣下午上班，照料每個到我手上的逝者。我依舊九點多上床……大約十一點多能夠睡覺。但我知道睡著以後，羅斯會出門。

等我早上睜開眼睛，會看到他亢奮的躺在我旁邊，虎牙伸在唇外，卻不是情欲或食欲，而是一種凶殘的天性被滿足。

之前接位典禮的時候，那些血族長老不是來頒個典禮而已。他們清除了大多數的叛軍，剩下的大約還有二、三十個逃脫者，羅斯的任務就是徹底殲滅。

我相信他入夜就是去狩獵了，只不過對象不是軟弱的人類，而是勉強可以扛幾下的吸血鬼叛軍。

我們住在台北，但有回讓我發現他的大衣上都是南部沙灘才有的貝殼沙。

別跟我說他搭高鐵。

但我不會去問，既然他不想說。真的所有的問題都還存在，他心底還有著蘭留下來的傷痕，他依舊會懷疑我背叛的可能性。所以他避免談到這些，嘻嘻哈哈的混過去，我知道。

他不曉得吸血鬼有個需要密碼的中立性的討論區，而本地吸血鬼根本沒瞞我什麼，我也有密碼。我要說，吸血鬼做出來的網頁翻譯比google要強悍許多。

所以我知道，血族和吸血鬼叛軍的戰火從來沒有平息，戰爭的硝煙躲避著人類的耳目，轟轟烈烈的開打。叛軍占著人數上的優勢，血族則有強大的政經背景和訓練有素的傭兵。

我們在最邊陲的地帶，但還是隱隱約約得到戰爭的消息。就好像地平線那端有著一小角的烏雲，還可以看得到閃電和遙遠模糊的雷聲，即使所在地晴空萬里，但也只有這裡。

也是在這個討論區，我看到蘭的資料和照片。她等於是叛軍中的聖女貞德。

蘭的確很漂亮。我終於知道羅斯為什麼很愛把我化妝成埃及豔后……因為蘭就是那種五官輪廓很深的東方人，優雅修長，像是美麗的埃及貓。

杏型大眼，濃密細長的眉，鼻梁秀挺，小巧的下巴，完美的黃金比例。可能是出生入死的關係，她有著纖細卻矯健的身材，看比例大約是二十四吋左右的腰，穠纖合度。

除了我們都是人類女人，一樣黑髮黑眼，都有不太美好的回憶，她跟我，雲泥之別。

我完全明白羅斯為什麼會老要我去整型了。但我真覺得他換一個比較快，何必跟天生自然爭個你死我活。

真討厭這樣。問題都在，但我們還是在一起分不開。他疑神疑鬼，我也滿心鬱悶，幹嘛這樣互相折磨。

但他用臉輕輕摩挲我的肩膀，嗅聞我的頭髮那種有些失神的恍惚平靜時，我就會忘記這些永遠無解的問題，整個心滿滿的，又軟又酸。

他不肯走，我跑不掉。我們只能小心翼翼的躲著地雷區（應該是只有我啦），祈禱這種日子可以長久一點。

我不敢想未來，因為我對男人非常了解，所以特別的悲觀。

我們葬儀社來了一個新的化妝師。

我的健康狀況還是不怎麼好，無法做全職，另一個正職化妝師做到脾氣暴躁，而口碑這種事情又特別詭異，我們葬儀社的生意越來越好，老闆考慮要改組成什麼生後服務公司了。

總之，經過我和化妝師照顧過的逝者家人非常滿意，口耳相傳，但已經遠遠超過我們的工作負荷，老闆終於決定請一個新的化妝師。

她走進來的時候，所有的人都失去了聲音。尤其是男人。

所謂的美感，尤其是美麗的臉龐，都遵守一個黃金比例的規律。在我幫忙化妝的開始，我們那個心眼有點小的化妝師美君，就先扔了一張黃金比例的圖給我，花了兩天講解。

但完全遵守這個比例的美人很少，我們這個新的化妝師卻徹底遵守了。更妙的是，她只有單邊酒渦，所以笑起來暫時性的破壞整體平衡。但就是這個微妙的特點，讓她顯得活生生，而不是雕像似的冰冷。

她叫做邵芳蘭。這個非常菜市場的名字，卻因為她類似蕙心蘭的香氣而顯得名副其實。

而且她是個真正的人類女人。她有些小心機，對我很親熱。她想快速融入工作場合，但美君本能的討厭她，所以她想拉我成一陣線。她很會利用自己美貌的優勢，卻非常嚴厲的畫出一道無法超越的防線，所以男人只能遠觀，享受她友善而甜美的笑容，卻無法越雷池一步。

很會做人又聰明的美女。但觀察她和其他男人的互動，我想，她大概花過極大精力才達到這種美貌。但這不關我的事情，甚至我有些敬佩這種決心。

只是我辦不到而已。坦白說，就算我沒有蟹足腫的困擾，我也不想在臉孔花費多餘的金錢。假設我無法工作後還可以活二十年，最少我需要四百萬度過老年生活，而且因為幣值貶值數字可能更高。雖然我有一點遺產，但很難說有什麼天災人禍……只要有個瘋子炸垮了紐約的那片房地產，我馬上一文不值。

我不會動用羅斯的錢，我的生活，還是我自己要負責的。

但我佩服這種不顧一切、充滿決心的女人。不夠美貌？削骨見血也要達到自己的目標，而不是自怨自艾，太強悍了。

而且她做得很成功，從裡到外都符合美女的標準。甚至羅斯都被她強烈吸引，有回來接我下班時，目瞪口呆的看著她，虎牙微微的露出來。

我猜，芳蘭也非常震驚於羅斯的容貌。用旁人的眼光來看，羅斯的確是非常的棒，他有一八七，肌肉像是希臘雕像的阿波羅，但他的輪廓比較像是北歐人，充滿了力與美。

他不僅僅只有外貌的美，還精力充沛，意志堅定。天底下大約只有我會嫌棄他的毛茸茸，我想。

這對俊男美女相望，視線幾乎要激起火花。

那天回家，羅斯熱情到幾乎炸膛，但我沒說什麼就是了。只是之後羅斯就藉口要送我去上班，寧可忍受讓他厭惡到極點的陽光（即使是冬陽），送我去葬儀社，然後鬼混到接我下班。

我一直裝作不知道。實在是我也不曉得該用什麼立場干涉。芳蘭完全符合羅斯的標準……她不是觀賞性美女，擁有不死軍團的身材。她刻意讓自己比標準多個幾公斤，這只讓她顯得更性感。

甚至她還滿聰明的——任何醜過的女人都有大把時間讀書——而且她缺乏天生美女那種無聊的公主病，顯得謙和而理性。

羅斯不就喜歡這樣的嗎？看起來她對羅斯也非常感興趣。

我以為我可以理智的靜觀其變，但在樓梯間撞見他們正在擁吻，我還是覺得像是什麼東西刺穿了我的心臟……我猜我知道木樁釘下去的感覺了。

呃……我不知道這樣處理對不對，不過我悄悄的早退，回去把我自己的行李提出來。大概是我早就想過會發生這種事情，而且我的衣服也不多。很快的，我整理好行李，叫了計程車，暫時搬到旅館去住，並且將我的鑰匙從門下塞進去。

我知道羅斯和我之間有血的聯繫，我跑到哪都跑不掉。但一直到下班他才發現我不見了，找到旅館來……我只對他聳聳肩。

「妳為什麼？……」他很凶的抓著我胳臂。

我掙開來，「我看到了。」

他的臉孔馬上轉為蒼白。「……那純粹是肉體的吸引力。」

我聳聳肩。其實還滿荒謬的，我應該又哭又鬧，可能還要裝個上吊什麼的，但我只覺得麻木疲倦。第一次覺得這種天賦很棒，我可以把所有感官都關到「低」的刻度，而不至於讓自己難堪。

羅斯說了一大堆，結果我只覺得是白噪音，沒聽見什麼。

「……妳沒什麼話跟我說嗎？」他抓著我的肩膀。

考慮了一會兒，「有。」

「待霄……」他的額頭冒出了汗。

「別催眠她，正常的追求，好嗎？」我設法彎出一彎微笑，「別騙她，讓她知道真相……除非她不能接受，你需要抹去她的記憶……不然別用催眠術，好嗎？」

他的眼睛出現迷惑，「……妳願意讓我收個漂亮姊妹？」

哈，血族男人。

「不，我不願意。」我握著他的手，溫和的說，「但恭喜你，她看起來很不錯。我有的優點她都有，而沒有任何我的缺點。恭喜你找到你美麗的花兒……但我們別再連絡了。」

羅斯是個完全的笨蛋，所以他以為只要在床上下足功夫，我就不會再生氣了。但我真的不是生氣。而且面對一個躺著不動，像是屍體般的女人，也很難熱情得起來，尤其我們之間還有著緊密的聯繫，所以他也知道我心底是怎麼樣的。

「就這樣？結束了？」他似乎不敢相信。

「羅斯，你做了選擇。」我想笑一笑，但失敗了。

「我跟妳解釋過了……」他大聲起來。

「我是人類的女人，你是血族的男人。」我聳了聳肩，「要不就全部，要不就全部不要。乾脆點，羅斯。像個男人吧，我不會回頭，你不要連我都不如。」

「好，很好！」他狠狠地搖了搖我，「那就這樣吧！」

我指了指門，他摔門出去。

真的，我真該大哭一下。但我只是坐了一會兒，倉促的洗了個澡，就躺在床上，筋疲力盡。所有該做的事情都一起湧上來，但我卻沒有絲毫力氣和意願去做。

我只是……只是昏睡過去。醒來以後唯一的力氣是去看醫生，說我睡不著。然後打電話給葬儀社說我病了，吞下安眠藥，繼續睡。

直到我覺得繼續睡下去會得褥瘡，我才起床吃了點東西，洗澡，看電視。

我睡掉了三天。

站在窗前看著灰暗的夜空，直到腳痠。我才想到該去採購點食物什麼的，也得去買個信紙和筆，好寫辭職信。

我正在旅館附近的7-11發呆的時候，何老師無奈的在我面前揮動雙手。

「……嗨。」他兩眼無神的說，伸出食指和中指，「這樣是幾根指頭？」

「兩根。」我不懂他怎麼會在這兒，「怎麼了？」

「怎麼了？妳問我怎麼了？我才想問妳怎麼了！現在我老婆知道我是吸血鬼了！」

「什麼？」我被他搞糊塗了。

「你們小夫妻吵架為什麼要連累整個城市的吸血鬼？我們做了什麼？妳說啊妳?!」

「啥？」我更糊塗了。

「妳到底躲在哪？我們快把這個城市翻過去了……還是找不到妳！要不是當警察的阿陳發現妳……我們還不知道要找到猴年馬月!!」

「你們找我做什麼？跟你老婆有什麼關係？等等……」何老師抓著我的胳臂往外拽，「別拉著我！我怎麼了？你們怎麼了？」

我被他拖出去，他沉痛的說，「羅斯那瘋子把我從棺材裡拉出來……在早上八點的時候，還嚇壞了我的老婆！」

「啊?!他幹嘛這樣？」

何老師氣得發抖，「他拉我出來陪他喝悶酒。要全身冒煙、差點死掉的我陪他喝悶酒！不是我老婆動作快，把窗簾都拉起來，現在早就沒有我了！我做了什麼你們要這樣對待我？我才想問為什麼呢!!」

「……」

我和何老師在人行道上爭辯了一會兒，我看得出來，他的中文或許不錯，但對女人沒輒。只要我有絲毫要哭的可能性，他都會慌張的請我不要哭。

「我沒要哭。」不過他再煩我我就不確定了。

「喔，天啊，我真的會瘋掉……」他撫著前額，「妳就不能做做好事，乾脆和羅斯大人和好？妳知道這個城裡的吸血鬼每個都是無辜的？我們按時繳稅，奉公守法，從來沒犯過比齒痕更大一丁點的傷害罪？妳怎麼能夠看我們陷入如此淒慘的……」

在被他煩死之前，我趕緊打斷，「羅斯為什麼會找上你們？」我不懂。

「親愛的，親愛的……」何老師不敢置信的看著我，「因為我們這群活死人是妳唯一的朋友們……或者說只有我們這群吸血鬼認識妳，知道妳。妳那該死的血族總不能去跟停屍間那些死人談妳，他們又不會回答。」

這下子，我可真的哭了。

「停！停！」何老師整個慌掉，「夠了夠了，我不行，這我真的不行。」他臉色蒼白的拿出手機，「親愛的……哈哈，別生我的氣了……我要帶個客人回去……對，就是那個帥哥吸血鬼……不是，他不是吸血鬼，是血族……不不，親愛的，我不是糾正妳……那位女士正在哭。我不會處理這種狀況……喔，我的甜心，我就知道妳最善良了……」

何老師親得那個手機幾乎解體才把我拽上車，我睡了太多天，沒力氣抵抗，又不能把藥方扔到他身上，他不但是我第一個朋友，家裡還有老婆在等。

他家的落地窗還破了一大塊，茶几也不見蹤影。雖然收拾過了，但我想羅斯這傢伙……我真該親手釘他木樁。

呃，我見到何老師的「小野貓」了。或許人死過以後，對於大小的標準會有點異常。「小野貓」的標準大概跟非洲母獅差不多。

那是一個很高、又很壯的「小野貓」，穿著無袖襯衫和牛仔褲，裸露的胳臂有著健壯的肌肉。她五官端正，但距離美麗有著很大的空間。她快和何老師一樣高了……穿上高跟鞋一定可以幹掉他。但我懷疑高跟鞋有何太太的size？

不過，她的眼睛很溫和、柔軟，非常清亮。

彼此介紹以後，何老師倉促的在何太太臉上親了一下，就落荒而逃。我這才注意到何太太帶了一副銀耳環。

「男人。」何太太攤了攤手，「只會把問題扔下逃之夭夭。」

我短短的笑了一下，或許是因為她悲憫的眼神，原本緊繃的心稍微放鬆了點。

「……真的很抱歉……」我對室內揮了揮手，「這一切，都很抱歉。我不知道……我真沒想到，羅斯，他會打擾到你們……」

「沒事的，真的。」她拍了拍沙發，「坐吧，我們聊聊。」

果然以貌取人是錯誤的觀念。如此粗獷的女士，卻談吐優雅，富同情心，善於引導話題，並且懂得傾聽。說不定也因為……她是個有些熟悉的陌生人。

不知不覺，我幾乎什麼都跟她說了，關於我和羅斯，還有一些我只能自己思考的想法。

「……其實沒什麼好說的。」我苦笑了一下，「都過去了。我會打個電話給他……請他停止這種騷擾。」

「真的過去了嗎？」她問。

她真的問住我了。「會過去的。」

何太太挑了挑眉，笑了笑。「世昌很怕我。」

「他很愛妳，所以才會怕。」話題一轉讓我鬆了口氣，「怕傷到妳，怕妳哭泣，他不是畏懼，而是因為很愛妳。」

「沒錯。」她彎起一個豪邁的笑，「結婚十八年來，他一直都這樣。但我們交往一年後，我就跟他談過分手。」

我迷惑的看著她。

「世昌是個很帥的怪胎……那時候我還不知道他是吸血鬼……他有怪病，畏光、體溫低……甚至還睡在棺材裡。但這麼帥的傢伙，一定會吸引很多女人的，她們哪知道他是怪胎。」何太太攤了攤手，「但男人……不管活著還是死掉的……總是會受不住誘惑。漂亮女孩，眼神，一點機會……他們會覺得不吃白不吃，道德上一點問題也沒有。不是說女人不會這樣，但女人比例上總是比較少。」

我真的沒想到……一點點都沒想到，這樣妻奴的何老師也會劈腿。

「……妳原諒他？」我低聲問。

「體諒，親愛的，是體諒。」何太太目光放遠，「當時我還是個年輕女孩，從南部的山區到北部念大學。即使在同一片土地上，依舊有城鄉差距。城市的男人和鄉下的男人完全不一樣……他們很複雜。而世昌……根本是個外國人。我沒有聽他解釋就驟下結論並不客觀……所以我聽他解釋，並且訂下我和他最後的底限。」

我研究她坦然的表情，「……妳學什麼的？」

「人類學。」她笑了。「我現在還在夜間部教書。」

這實在太好笑了。「……妳學這個，卻不知道枕邊人是吸血鬼？」

她忍住笑，「我以為他是外星人。十八年來，我一直在等他吐實。」何太太搖了搖頭，「吸血鬼？哈！但不管外星人或吸血鬼……他都沒有說實話。明明他答應我絕對不騙我的！真該把他的頭砍掉！」

「但是，陽光快殺死他的時候，妳拉上了窗簾。」

她的眼神變得朦朧溫柔，「親愛的，我愛他。即使他是個該死的騙子，我也絕不想看他死在我面前，管他是吸血鬼還是外星人，他是我的男人，我的丈夫。」

我很感動……說不定也有一點忌妒和傷心。「我懂妳的意思，我也不想看羅斯死掉……但我……辦不到。」

「辦不到什麼？」她問，「不，我並不是要聽妳的回答。妳回答自己好了。妳是因為他的行為不可原諒無法忍受，所以離開他；還是因為妳鬆了一口氣，因為證實『果然如此』？」

我想了很久，但無法回答。我求助的抬頭看她，她卻輕輕搖頭。

「親愛的，我走過妳同樣的歷程，我們甚至都非世俗認同的美女。我猜想，妳也沒想過要跟這麼好看的人在一起……那不是我們應得的，對嗎？但什麼是我們應得的？妳要的是什麼呢？妳仔細的、好好的想一想，而別管別人怎麼想。」

我終於知道，為什麼何老師愛她愛得要死要活，愛得不可自拔。說不定人死過了，或以血維生的某些種族，特別受智慧的吸引，而不是覺得男性自尊受損。

的確是該好好想想。回旅館之後，我一直在思考。

今天如果是個人類男人劈腿，我是該頭也不回的走掉。但羅斯，是血族。他們有既定了誰知道幾千年的傳統、社會結構，根深而柢固。我明明知道的。

但是，難道我沒有鬆口氣？覺得終於可以有個「果然如此」的結果？

我真正怕的是什麼？我怕別人說我軟弱，重複受虐婦女的不當循環。我怕我不夠堅強，甚至連談都不肯談就逃了。

這樣真的就比較堅強嗎？

我不知道，真的，我不知道。

當我把所有的「別人」都排除掉，只留下我和羅斯的問題，我承認，我該死的承認，我非常軟弱。我想在他身上插滿木樁，告訴他再跟其他女人鬼混，我就親手用銀鏈勒死他……

並且告訴他，你他媽的我很愛你。

在我設法理清思緒，卻依舊如亂麻時，美君打了個電話給我，「我要累死了。」

沉重的嘆了口氣，看了看時間，下午四點半。「……我想辭職。」

「想而已，又不是辭職了。」她嘆氣，「為了邵芳蘭？」

我沒說話。

「她的班只到三點，早走了。當作幫我忙行不行？每個人都想擠大後天那個什麼好日子，最少讓我回去睡覺。我兩天沒睡了。」

「好吧，我這就過去。」

等我過去的時候，美君已經在等我了。她的黑眼圈幾乎抵達臉頰。我跟她的交情一直很淡，我們都很沉默，都是親近死亡的女人。最重要的是，胡常月對我太有興趣，而美君一直喜歡胡常月。

她簡單交代了哪些待處理的事項，突然天外飛來一筆，「銀製品不能測試現代的毒藥。」

「什麼？」

她抽出一把小刀，放在桌子上，「我知道妳有點陰陽怪氣……但不要做什麼詭異的儀式，好嗎？就算做了什麼，也不要把工具遺留在工作間……很嚇人。」

我拿起小刀端詳，終於明白她的意思。那是一把銀製的小刀，刀刃大約食指長，刀柄短些，雕刻精美，卻是一個惟妙惟肖的骷髏斜綁在柱上，肋骨插著相同式樣的小刀。

「不是妳的？」我再次確認。

「雖然我看起來像是會有這種東西，但不是。也不可能是我們漂亮寶貝的。」美君沒好氣的說，「這種東西請收好。」

「……妳在哪兒撿到的？」

「還能在哪撿到？妳把它混在工具盒裡了。就這間的工具盒。」美君說完就走出去了。

這個專門幫逝者化妝的小房間，只有三個化妝師會出入。這一行有特別的禁忌和迷信，不會有其他人動我們的東西。

不是美君的，當然也不是我的。

我勉強壓抑住浮躁的心跳，將銀刀在桌子上的白紙敲了幾下，心整個往下沉。

這不是一體成型的銀刀，刀柄和刀刃間有著微小的空隙。或許原主把刀清得很乾淨，但有些滲入刀柄的血跡就會輕忽掉。

而這些血跡就會風化成細小的紅沙。

吸血鬼的血。銀刀。

何太太說，即使何老師是該死的騙子，他還是她的男人，不能看他死在面前。

我想我明白了。

和羅斯之間的聯繫，其實比較類似感知，我還沒試著對他「大叫」過。我將所有感官都試圖開到最高，但能知道的只是他還在沉睡。

我試了又試，試了又試。但我無法對他說話，像是不能用耳朵咆哮。我將感官的刻度開到比「最高」還超過，終於讓他驚醒了。

千鈞一髮之際，他抓住了一隻手，拿著銀刀的手。

我鬆弛了下來，覺得劇烈頭痛。鼻子癢癢的，溫暖的液體蜿蜒而下。流鼻血了，而且我的頭非常非常的痛。我想我是摔倒還是昏過去了，醒來時我已經在醫院，羅斯就坐在我旁邊。

呃，我……據說因為「不明原因」的腦壓驟升，腦部的一些微血管承受不住壓力破裂了，滲出的血液因而影響了一些功能……

簡單說，我中風了。

我清醒過來的時候，不能說話，不能動作……偶爾還會忘記呼吸。但只是聽起來嚇人而已。因為真的是非常微小的血管，滲出來的血也不算多，甚至沒產生什麼血塊，醫生也覺得是奇蹟，因為幾乎都自體吸收了。

但我知道不是什麼奇蹟。羅斯一定對我做了什麼手腳，所以我沒死，也沒真的……留下什麼巨大後遺症。

下半身癱瘓了兩個禮拜，中風後三天我就能開口說話了，沒什麼。比較有什麼的是，這個偷吃的混帳男人在我身邊雙眼無神，失魂落魄的握著我的手，不吃也不睡。

我想藉由聯繫偷看一下，但卻頭痛欲裂，監視呼吸還是心跳的某種儀器吵死人的嗶嗶叫，醫生和護士緊張兮兮的奔進來，羅斯抓狂的撲在我身上……讓我不敢再試第二次。

會搞到這種地步，應該是這種無路用的天賦，我還強迫到過載……所以中風了。不過……很值得啦。羅斯還活著，除了還有點憔悴傷心，看起來活蹦亂跳。過陣子他就會忘了差點讓新女友宰了的傷心往事……反正世界上的美女那麼多。

他一直沉默的看顧我，直到我能開口，沙啞的問，「……你沒殺她吧？」

「妳會生氣……所以我沒有。」他這才說話，「但為了逼供，我吸了她的血……」

「好了，別說了。」我用氣音阻止他。

「我從來沒有跟她上過床。」

著。」

「夠了。」我以為我大聲起來，結果只是虛弱的破音，「別對我撒謊。用不

「我從來沒有對妳撒過謊。」他握手的力道強了很多，「以前沒有，現在沒有，未來也不會有。她襲擊我之後，我才第一次吸她的血。」

我閉上眼睛，不想跟他爭。我全身虛軟，頭痛得像是有一千根針在鑽。

安靜了一會兒，羅斯說話了，「我在血族中，是個奇怪的人。我獨來獨往，不喜歡養一堆女人當家畜……我覺得時間很有限，只喜歡一對一。」

我無力的笑了一下，「顯然我很虛，虛到你可以破例。」

「不。」他將我兩隻手握在一起，「不是。我只喜歡妳，妳們的一切。我到底還是喜歡溫熱的血，而不是冰冷的血漿。我會被美麗的肉體吸引，渴求血管裡甜美的血液。我承認，我的確承認在人類的社會規範中是錯的，但我不是人類。」

我將眼睛轉開。

「我已經壓抑到不能再壓抑了……這可悲的天性。但我不想讓妳早死……我不要妳活不到五十。妳大概會覺得都是藉口……我也承認我犯了所有男人都會犯的

錯……」

轉頭看著他，我忍不住笑出來。所有男人都會犯的錯。這句話超耳熟的……羅斯居然把這學起來。

「羅斯。」連笑都會頭痛，真難過。「我是人類的女人，而且是特別狷介的那一種。」

「什麼是狷介？」他一臉茫然。

我的力氣不夠發怒。好吧……我不該用這麼深的辭彙。

「我特別龜毛，特別有原則。」我輕喘了一下，我恨這根插在鼻子裡的管子。「我很樂意理性的溝通……但我要很沒理性的告訴你。我體諒你的文化差異和不同的道德觀，但我不接受任何人跟我瓜分你。你敢跟別的女人鬼混，我一定用銀鏈把你捆起來，打你個半死，然後再也不要回頭了。」

老天，我真的痛死了，而且好想睡覺。「一次，就這次，你他媽的我不要長命百歲，我甘願活不到五十就因為慢性貧血死翹翹。你想清楚一點，別再這樣。跟我在一起就是坐牢，你敢偷瞄別的女人我就把你眼睛挖出來……若你忍受不了這個……在我清醒之前你趕緊離開，別折騰我也折騰你自己……」

我睡醒以後，他還在，一直沒有離開。

其實，我並沒有辦法完全原諒他，裂痕已經產生，怎麼彌補也沒用。但就像何太太說的，體諒。

我不知道他是若無其事，還是真的無所謂。他很快的恢復那種白目又白痴的態度，涎著臉黏著我，有時候真的很煩。

但有時候午夜夢迴，會發現他緊緊的擁著我，一遍一遍愛惜的撫著我的長髮，很輕很輕的。有時候會突然驚醒，恐懼的測著我的頸動脈和呼吸，緊張的喊我的名字。

臥病了半年，起居都是他打理的，他沒有嫌煩過。大約一個月吸我一次血吧……量都很少。

我的病再不好，我想他會先病倒了。

這半年間，他怕我無聊，會念書給我聽，跟我講一些趣聞。過了好一段時間，他才告訴我被襲的詳細。

邵芳蘭是受僱於獨立軍的吸血鬼獵人。據說她是蘭指定僱用的刺客，但她被羅斯吸引，遲遲不能下手。不過她亟需一筆龐大的整型費用，羅斯又可望不可及……她一直打聽不到羅斯的住處。

等她下定決心又得到地址，花了太多時間解除保全。之後又讓我壞了計畫。

「蘭……為什麼？」邵芳蘭我能明白，但我不懂蘭為什麼要買凶。

「因為她沒辦法親手殺了我。」羅斯聳肩，「我是她的……怎麼說？心裡的障礙？想打贏這場戰爭，就得斷絕這種關係……」他中文不好，搔了搔頭，只倒出一大串英語……說不定還有法語。

不過我想我懂吧？蘭還愛著他……卻為了某種大義割捨而去，成了吸血鬼獨立軍的聖女貞德。

聖女……是不該有敵方的愛人的。

我們距離戰場很遙遠，可能還隔好幾重大海。但硝煙不斷的飄過來，提醒我，我們。戰火沒有止息。

「我沒想到妳會命都不要的……保護我。」我坐在梳妝台前，羅斯正在梳我的頭髮，他輕輕的在耳邊低語。

「什麼？」我舉了舉還不太靈光的手，「喔呵呵，你錯了。我不知道後果……不然我，我……」

我就算知道會中風，能夠視而不見嗎？

「從來沒有人想過要保護我。」他輕輕的撫著我的臉。

「然後？」我不太自在的別開臉，「傷害你男性寶貴的自尊了嗎？」

「不，」他的聲音更低，「感覺很棒。我的心好像快融化了。」

「……羅斯，你不適合這種甜言蜜語。」

他看著鏡子的我，表情非常嚴肅。「親愛的……妳真的很美……非常非常的美……」然後欲言又止。

我知道昨天何老師來探望，跟羅斯在一旁說了半天的話。何老師到底教了羅斯什麼怪招，讓他這樣神裡神經？

羅斯自棄的嘆了口氣，「……好吧。妳的頭髮真的很美。其他的我實在……沒辦法撒謊。」

換個角度想，誠實是一種美德。但我是個小氣又易怒的女人。

雖然我沒力氣揍他，但我有力氣摸出銀耳環戴上。

「……一定要這樣嗎？」羅斯僵住了。

「對。一定要這樣。」我吃力的站起來，自己爬上床去躺平，心情意外的好。

之七　太陽神的詛咒

足足療養了半年，我才算是可以自理起居。但我依舊手腳不太靈光，中風造成的影響遠比我想像的嚴重多了。

我坐不久，也站不久。為了方便療養，我們搬去台北市昂貴的所謂豪宅。因為還要跟醫療人員以及羅斯的部下一起住，還有兩、三個人類的守衛。

我不太懂為了什麼，但有時候羅斯會出門好幾天，回來的時候會有交通工具特有的氣味。

來探望我的吸血鬼朋友都要接受嚴密的盤查，而且我們說話的時候，都會有守衛。連何老師都言語閃爍，只挑一些不要緊的講，隨著我日漸康復，話題越來越單一。

後來他們甚至不來了。

中風一年後，我覺得我已經完全康復了，但羅斯出差的機會越來越多，卻不准我去上班。連我要求網路都要求到快抓狂，他才勉強給我。我的身邊總會有人陪伴，連醫療人員都在嚴密的監視之下。

抗議好幾次，羅斯只會緊緊抱著我，說他無法承受失去我的後果。

「……我跟戰爭沒關係。」我審視著他疲憊憂傷的臉孔。

「這不是妳我能決定的。」羅斯吐了一口大氣，「戰況不太樂觀……但妳在此是安全的。」

他不告訴我更多，事實上我也沒追問。但我感到強烈的不妙，因為我的帳密已經登不進吸血鬼的討論區了。

直到有一天下午，我接到了一份「遺產」。記得那個迷人的V友協會會長嗎？她死了。誰也不告訴我她的死因，但據說生前她就寫好遺囑，把自己的身後物分配好了……連我都有。

除了何老師，她是和我最親近的朋友。我們交換過msn，而我的msn名單只有三個人。何老師、她，還有胡常月。

她說，活了三百五十年，她已經忘記最初的正式名字。但她記得母親都叫她艾兒……AL。

近百年來，她都在研究歷史。她說過想要客觀的書寫人類、吸血鬼和血族的歷史。我和她很親近就是因為我對歷史也很感興趣，而她希望了解人類觀點。因為她距離生為人類的時代已經太久了。

怎麼可能？她雖然性格溫和，但她可是三百五十歲的吸血鬼，甚至是有能力轉化的。什麼人可以殺得了她？更何況她早就是「素食者」，靠血漿度日，埋首於歷史之中，根本沒有跟人結怨的機會。

她留了一條古典的手鍊給我，說「紀念我倆跨越所有種族的友誼」。

握著手鍊，我不斷的哭。我的人際關係糟糕到這種地步，失去一個就宛如失去親人。但眼淚落在紫水晶的手鍊上時，紫水晶裡頭浮現了幾個字母。

她是想要告訴我什麼？

我跟她的關連，只有msn，還有那個討論區。我試了一夜，終於確定了。

事實上，這是一個密碼。她msn和討論區的密碼都是同一個。當我試著登入她的msn的時候，同時也找到她的e-mail信箱，有封沒有寄出去的信，是寫給我的。

她在某個東西，藏了她畢生的心血結晶。要怎麼處理，由我這個中立的人類來決定。

這東西，早就交給我了。我的生日時，她送了一對小石獅給我。但我從來沒想過去摸摸獅子的嘴裡。我在母獅的嘴裡，找到一個隨身碟。

不過艾兒真的高估我了。我連英文都那麼破，何況其他文字。我瞪著我看不懂的文字發呆，憂心忡忡的把隨身碟又放回去。

戰火已經燒到眼前了嗎？

我用艾兒的帳密登入討論區，卻和我一年前看到的截然不同。原本獨立軍和官方吸血鬼之間，還有一群理性而廣大的中立吸血鬼。但這個原本自由、容忍異見的討論區，宛然成了狂熱獨立軍的一言堂。

他們吹噓種種暗殺的「戰果」，威脅要消滅所有意見不同的人。用可以站在太陽底下誘惑原本只能行走暗夜的所有吸血鬼。

只要消滅血族，他們就可以坦然的站在太陽底下，而且成為這個世界的主人，再無其他畏懼。

但我無法查下去，因為網路中斷了。羅斯的部屬答應我要找中華電信來修復，但再也沒有修復過。

*　　*　　*

或許人類不了解，陽光對吸血鬼是多麼強大的誘惑，雖然如此致命。

但行走暗夜的吸血鬼，生前都是人類。對陽光的記憶並不會隨著記憶而日漸模糊，反而因為渴求而不得越發清晰。吸血鬼最大的死因並非死於獵人或其他天敵，日光的渴求高於血的需要時，常常誘使他們走入晨光中，甘願自焚成灰燼。

若有人承諾他們可以在日光下行走，沒有什麼吸血鬼可以抗拒。

人類不明白，血族大約也不明白。但我明白，非常明白。

羅斯回來的時候，我追著他吵。他不能拿件外套矇住我，就當作什麼都沒發生，因為我沒看到。

他緊張而激怒，「妳到底是哪一邊的？我這邊？還是吸血鬼？」

「人類這一邊的。」我盡量冷靜，「羅斯，我是中立的種族。」

「但妳同情吸血鬼。」他用力抓著我的手臂，「我們是血腥的貴族，他們是可憐的農奴，吭？妳根本不知道吸血鬼幹過些什麼……他們毀滅多少人類的村莊？從以前到現在，連嬰兒都不放過，吭？」

「什麼種族都會有壞人存在，但不足以代表整個種族，好嗎？」他根本不想理性討論嘛。

「……妳跟蘭說的一模一樣。」

結果先失去理智的是我，我一個耳光打在他臉上。他再用力點，就可以把我的右手折斷。

但我反而冷靜下來。「我不該打你，我道歉。但我不是蘭，不只是不比她漂亮。你不能看著我的時候，時時刻刻想著我幾時會背叛，也不能說什麼都要代入你預定的結論。」

他狠狠地瞪著我，表情痛苦而掙扎。將我的手一摔，他轉身就要走。

「羅斯！」我追著他叫，「力量不是一切，你們該想的不是消滅所有吸血鬼！殺不完的！疏濬永遠比圍堵好！疏濬就是把河流挖深，去掉泥沙，圍堵就是……」

「我懂這兩個詞！」羅斯轉身對我吼，「但不是我懂就好了！我只是個劊子手！我只是，血族的武器。輪不到我說這些，也輪不到妳這人類插手！」

……對，我憑什麼插手兩個種族的衝突？這跟我無關。

「對不起。」我舉起雙手，「非常非常……抱歉。我越界了。」

我轉身想回房間，他從背後抱住我。

的確，我實在不該……這樣。不管我跟羅斯怎樣嘔氣，有多少問題。但我總是把他想得太偉大。他只是一個嚴密成熟社會的一員，千名血族當中的一個。

我根本不知道問題出在哪，我卻這樣武斷的試圖干涉。

「……你一定要回來我身邊。」倚在他懷裡，我哭了。

他親吻著我的髮際，「我保證。」

「你要親手為我入殮，照顧我的身後。」我緊緊擁住他，「你不能死在我前面。」

「我保證。」

之後我受到更嚴密的監視，但我沒有抱怨。說不定我早就知道會有這一天吧……戰火一直遙遠的閃爍，終究會延燒而來。

但何老師來跟我辭行時，我還是熱淚盈眶。

他是偷偷溜進來的。我也是這個時候才知道，他事實上也很有本事。

「……我要帶著老婆逃去埃及了。」他無奈的攤手，「但我還是要跟妳道別。」

「太危險了。」我低低的說。我所住的地方在十四樓，他就這樣飄飛在窗外。

「妳是我的朋友，而且深陷險境。可以的話我也想帶著妳逃走……抱歉，我得把老婆放在第一位。」他緊張的說，「聽著，待霄。不要相信任何吸血鬼，包括我在內……」

「因為陽光嗎？」我流著淚問。

他的神情空洞起來。「……一天也好。我想帶著我親愛的小野貓，在晨光下散步。她……她跟我十幾年，被迫在黑暗中生活。我完全對不起她。我以為……以為靈魂伴侶這種東西是鬼扯，直到遇見她……我是個懦弱的王八蛋，待霄。我跟她能夠相處的時間只有幾十年……聽著，妳什麼都不知道。不管誰問妳，什麼都……」

「艾兒留了一本……」我真的不知道該找誰商量。

「我不知道！妳也別告訴我！」何老師咬牙切齒的說，「哪一方都不想知道她的觀點，即使是真實。真實會害死人的，待霄。妳不能告訴任何人，反正妳也看不懂。不要跟任何人連絡，不要跟任何人說。緊緊閉上妳的嘴……說不定妳可以活到天年。」

他走了。

我每天都緊張兮兮的看著電視，擔心看到什麼飛機失事的消息。幸好我害怕的事情沒有發生。

但何老師擔心的事情發生了。

在羅斯出差的某個深夜裡，我聞到濃重的血的味道，將我驚醒。我才坐起來，一把槍頂住我的太陽穴。

「抓到妳了。」羅斯最信任的部屬，面無表情的說。

「……值得嗎？」我問。

他輕笑一聲，「為了陽光，一切都是值得的。」

那天深夜，裡應外合的，幾個菁英獵人殲滅了羅斯住處的所有吸血鬼和警衛。唯一倖存的，只有我。

那是一個，非常可怕的夜晚。

我生於和平，所有的戰爭都是電影或電視裡頭的虛幻。我看過最血腥的場景，只有羅斯和幾個吸血鬼對峙，但那才幾個人。

我……我並不知道槍聲是這樣的響，也不知道慘叫可以這樣震耳欲聾。我從沒想過戰爭會這樣的逼近眼前，也不知道只是一樁普通的綁架可以升高到這樣危險的地步。

我在許多人中間傳來傳去，我想手臂都被拽到有點脫臼。我可能被打中了幾槍，但不是那麼疼痛。

到底發生什麼事情，他們綁架我要做什麼，這些血族和吸血鬼與傭兵為什麼在這棟大樓混戰，我不知道。

最後一切都安靜了。

只在照片裡出現的蘭，一臉悲憫的走過來，「別讓她太痛苦。找個什麼墊著，再把她綁起來。」

我迷惑的看著她，她閉著眼睛，拿著聖經，喃喃的為我祈福。

這一切真是太荒謬了。

他們把我綁在地下三樓的停車場，一個懸在天花板的大十字架。我在失血，而這樣的懸掛讓我窒息，越來越難以呼吸。

「……天父讓妳染上無辜者的血？」我虛弱的問。

蘭停了下來，背對著我。「血族和吸血鬼，應該生而平等。」

「關妳一個人類什麼事情？」我說。

「我現在是吸血鬼。」她轉頭看我，眼神很複雜。

我深呼吸了幾下，「妳想跟羅斯一直在一起，對吧？什麼大義，什麼平等，去死吧。但血族不跟吸血鬼混，妳很生氣？」

想來我矇對了。本來就是。女人很少主動去搞什麼革命，除非是跟著男人，或者是恨那個男人。沒有愛哪來的恨。

這對羅斯來說，可能太難。我當初若真的死掉就好了……我想不通逝者為什麼堅持把我送回人間。

但我合作的待在血族的實驗室，也沒反抗任何事情。他們或許對吸血鬼的感情冷淡，但社會發展到極度成熟的地步，待我倒是非常有禮貌，幾乎是仁慈的。

聽了大半年，我的英聽倒有很大的進步。他們的細聲低語都沒逃過我的耳朵，雖然沒人直接跟我交談，但我知道的比他們預料的還多。

我並沒有被苛待，真的。他們按時送書，我還有部電腦、電視什麼的，為了保持健康，我還有個人專用的健身房。每天我有三個小時可以外出散步，通常都是白天，生活非常富裕。

但我不是安於這種豢養的生活才不抵抗。他們對我越來越鬆懈，想逃走不是沒機會。

我沒走是因為……我知道羅斯就在實驗室的門外徘徊。

或許等他死心了，我就會試圖逃跑。但他離開了變成吸血鬼的蘭，卻沒離開同樣變成吸血鬼的我。

即使死過了，我還是不知道該怎麼辦才好。

終於有一天，羅斯抵抗著厭惡陽光的天性，在中庭將我逮個正著。

「……你來作什麼？」我張著嘴發呆，「快放開我！你要是被抓到……」

「一定會被懲罰。」他緊緊抱著我，「管他的，管他的。」

我說不出話來。我對他一點用都沒有了啊，老天。現在是我靠他的血過日子，而他根本用不到我的血。我聽到許多流言，他因為維護我的命，讓他受到許多苛責。

「我已經變成吸血鬼了，羅斯。」我氣息不勻的試圖平靜，但虎牙已經竄出唇外，「……離我遠一點。」

「不！不要……」他將唇壓在我的唇上，我都感到虎牙互相碰撞。

我讓他吻得有點失去理智，眼前一片光盲。我只渴求他不斷鼓動的動脈，夾雜著高漲的情緒……

後頸一痛，我全身痲痹，卻不肯放手，指尖在羅斯身上劃開很深的血痕。我只記得我大聲咆哮，尖叫，對抓住我的血族吐口水和謾罵，簡直像個瘋婆子。

羅斯想把我搶過來，我只模模糊糊的聽到大叫，「羅斯，你若不自我克制，我們會馬上毀了這個寶貴的實驗品！我們會的！你知道我們會的……」

我又挨了一下電擊，就不醒人事了。

*　　*　　*

再醒來時，我很羞愧。

我……我終於承認我成了吸血鬼。因為我知道渴求血液的滋味。其實他們……我是說我們，也滿辛苦的。

我想動，卻動彈不得。我被綁在床上，就像療養院對待瘋子一樣。照顧我的實驗室人員細聲爭辯。老一點的那一個說要立刻銷毀我，年輕一點的卻想救我的命。

「叛軍可以用行走於陽光之下來引誘那些吸血鬼，我們為什麼不行？」年輕的那一個說，「銷毀所有吸血鬼需要耗費大量經費，我們的經濟也會受創甚深。那裡，她，將會是我們最有利的關鍵……」

「我們能得到的數據都有了，何必留著她？她很危險，凱文。羅斯雖然蠢，卻是我們的兄弟。那女人會毀了他……甚至會殺了他！」

「你不要忘記克莉絲汀殺了羅斯的女孩那件事情。」叫做凱文的年輕人說，「再發生一次，誰也袒護不了羅斯，他非被釘死不可。」

年長的沉默了，深深的嘆了口氣。

他們常常談這件事情，拼拼湊湊我也該知道了。血族人數太少，可以婚配的對象很有限。尤其這種婚配又伴隨愛情，就更複雜了。一個叫做克莉絲汀的血族少女愛上了羅斯，但羅斯當時愛著一個人類女人。

克莉絲汀憤而砍掉了那女人的頭，羅斯殺了克莉絲汀。

血族間互相殘殺是很罕有的事情，非常非常嚴重。而且抓狂的羅斯不但把克莉絲汀綁在木樁上，開膛剖腹，讓她受盡痛苦後又砍掉她的腦袋，還放火焚燒。

最終雖然以「損毀財產時，血族間可以決鬥，因傷致死」了結，但羅斯也受到很大的懲罰。他被綁在冰牢裡餓了上百年。

他真的很衝動，並且暴力到極點。但我知道他……他非常愛護血族，願意成為血族的兵器。他以身為血族為傲。

我不想讓他為難。當然，更不想殺害他。

若我真的吸了他的血呢？若是渴望擊潰我，我停不下來呢？羅斯肯親手打死我嗎？

不用逼到這種地步的。

凱文走進來，我盯著他。他迴避我的眼神，低頭檢查儀器。

「凱文。」我喊他，「你們不能殺我，留我在這兒也沒用。」

他微微一驚，大約沒想到我會主動跟他攀談吧。

「你們血族生意做那麼大，一定有什麼葬儀社之類的公司，把我擺在你們監視得到的地方……別擺在羅斯眼前。」被捆這麼緊，連聳肩都困難，「我是個還不錯的屍體化妝師。反正你們也檢查不出什麼玩意兒了……你們要我來，我一定配合。」

「好讓妳逃走？」凱文挑了挑眉，「而且不管在什麼地方，羅斯都會找到妳。」

「騙騙他啊。」我咬了咬唇，「他很笨的。把他扔到什麼戰場啊，反正就是能發揮他所長的地方。就說……你們正在致力想辦法把我變回人類。這段時間，他不能來看我。如果是亞伯跟他說，他會相信的。」

「……沒有那種方法。」凱文訝異了。

「對啊，沒有。」我很爽快的承認，「但他只是血族的兵器，動腦子輪不到他，對吧？反正你們定個很嚴苛的條件，讓他去外面忙就對了。一年兩年，他還會想到我，十年二十年？三十年？五十年？他會去邂逅其他女人。那就是新的、而且比較短的麻煩了。」

他瞪著我，沒有開口。

「而且我若在外圍機構遇到任何意外，」我試著說服他，「跟血族沒關係。吸血鬼殺我是吸血鬼倒楣，獵人獵殺我也是獵人倒楣。到時候你們還可以說是我逃跑了，遭遇什麼意外巴拉巴拉的，你們比我聰明，一定懂得怎麼編的。」

「……妳想趁機逃跑？」他不太肯定的問。

「我能逃去哪？」我反問，「我靠羅斯的血過日子。」

凱文是個好人。他真的幫我呈報上去，這個看似荒謬的騙局居然徹底執行了。

我被送到蘇格蘭的某地，照顧異國的逝者。羅斯接受讓我活下去的條件，正式回到劊子手小隊了。

每個月的二號，我會收到他寄來的血瓶。有時候郵寄遲了，我就會想他是否忘了我。

我還真不肯定，我希望他忘記我，還是記得我。

真的，我不知道。

戰爭還在延續。我在血族的相關機構，像是在安全封閉的高塔，遙望天際燃燒的硝煙。

我從來不是個戰鬥的料子，我很明白。所以我開始學習德文……因為艾兒的書是用德文寫的。當初我怕遺失這個隨身碟，在網路的檔案裡頭拷貝了一份。

現在真的派上用場了。

血族並非十惡不赦的妖魔，吸血鬼也不是天真無邪的小白兔。就像人類，極好和極壞天差地遠。

但歷史不該被扭曲，被當成文宣的工具。

艾兒為了真相失去生命，既然她託付給我，我就要延續下去。

但我不知道，會因此揭開「日行者」的祕密；也不知道，會讓羅斯和我陷入極大的危機中。

這些卻是另一個故事了。

（血族與我　完）

作者的話

其實這部本來是娛樂之作（咦？），然後我的「娛樂」總是導向非常自虐的痛苦深淵。

之所以我願意出版這部，卻不願意商業出版《沉默的祕密結社》，是因為這部的「寫在前面」已經有免死金牌，可以拋開資料放大膽子下去寫，不用煩惱資料正確與設定合理的問題。

其實我對吸血鬼、殭尸這類不死生物，都有著一種深切的著迷和興趣。我一直想知道這樣威猛可怕的「非生物」為什麼沒有征服世界。

畢竟從傳說的古老而言，這種「非生物」既然這樣的威，相對弱勢的人類根本就沒辦法延續到今天，非常的不合理。

尤其是吸血鬼，更不可思議。殭尸還可以解釋成他們缺乏智力、行動遲緩，但吸血鬼卻是這樣高度社會化、聰明優雅又血腥殘酷的夜之子民，而且從十八世紀就已經有了他們的傳說。

既然得不到正確的答案，那只好自己妄想一個。

很久以前（十多年前）我就設定過屬於自己的吸血鬼設定，但實在漏洞太多，劇情太矯揉造作，所以宣告斷頭。但這並沒有讓我停止構思。

《禁咒師》中，吸血鬼以「吸血族」這樣的反派出場，雖然寫起來有趣，但畢竟避居配角，不太過癮。

後來我看了〈HELLSING〉和〈南方吸血鬼〉，又重燃我對吸血鬼的熱情。更剛好的，我在迷CSI的紐約篇影集，天天看著自由女神……

於是在那個憂鬱藍的城市裡，故事就這樣跳到我腦海之中了。之前我斷斷續續做的設定，也終於合理化的找到正確的齒輪契合，加上我最喜歡的那種暗黑系女主角……

我就開始了這部其實很老梗，但一直很想寫的題材。

但讓我最後悔莫及的就是，每次我說寫娛樂，到最後就會弄得很痛苦。如果這是要預計商業出版的，我就不會弄出那麼多老梗，但現在騎虎難下，我自己也覺得很歉疚。

我覺得還滿對不起出版社和讀者的，但老闆想賠錢，讀者又不嫌棄，只好硬著頭皮上了。

但我一直有我的話想說，只是顧及劇情，很多話只能藏在心底。的確，我藉著待霄的口中，說出了我許多的「不平之鳴」。

我的個性本來就不是個安靜沉穩的人，現在灰燼般的平靜是勉強壓抑下來的。我真實的個性固執暴躁，早期還是很愛打筆仗，異常凶猛又我行我素的人。

這些年，我老了，累了。即使有什麼話想說，也終究是忍在心底，不去與人爭辯。所以我在寫這部外表看起來是吸血鬼小說的創作時，我忍不住用女主角的角度去譏諷嘲笑，或者有諸多反應。

當然，有些隱含的含意，我希望讀者永遠看不出來，畢竟說教是老太太的興趣，但說教到每個人都感覺得到，那就不妙了。

我不知道幾時會寫第二部……說真話。我前半年寫得太拚，六本五十萬字，終於把健康寫出個大洞了。我的血壓很漂亮的飆破二百二十四，創歷史新高，愛倫不得不把我送進急診室，把護士和我自己都嚇壞了。

除了頭痛得幾乎暈厥，我的體溫量起來只有三十五度，已經開始脫離人類的標準了。

所幸我沒爆了任何一根腦血管，甚至我也沒有其他的毛病。大體上來說，我很健康……除了血壓和體溫以外。

所以我必須放慢腳步了，不能這樣爆猛性的狂衝。休養了十來天，還發生過血壓急降和急升的狀況，我都笑說像是股市震盪。

或許等我身體稍微好些，把該出的稿子出清，我就會寫第二部，但現在還不能。

畢竟，我並不希望死神真的來找我聊天。因為我的稿子還沒寫完，必須盡量避免這最後的會談。

希望這場倒楣的疾病快點過去。

蝴蝶2009/7/14

國家圖書館出版品預行編目資料

血族與我 / 蝴蝶Seba著.
-- 二版. -- 新北市：雅書堂文化, 2017.07
面； 公分. -- (蝴蝶館；31)
ISBN 978-986-302-374-6(平裝)

857.7 106009902

蝴蝶館 31

血族與我

作　　者／蝴　蝶
發 行 人／詹慶和
總 編 輯／蔡麗玲
執行編輯／蔡毓玲
編　　輯／劉蕙寧・黃璟安・陳姿伶・李佳穎・李宛真
執行美編／陳麗娜
美術編輯／周盈汝・韓欣恬
封面影像／Zacarias Pereira da Mata/Shutterstock.com

出版者／雅書堂文化事業有限公司
郵政劃撥帳號／18225950
戶名／雅書堂文化事業有限公司
地址／新北市板橋區板新路206號3樓
電子信箱／elegant.books@msa.hinet.net
電話／（02）8952-4078
傳真／（02）8952-4084

2009年08月初版一刷　2017年07月二版一刷　定價240元

總經銷／朝日文化事業有限公司
進退貨地址／新北市中和區橋安街15巷1號7樓
電話／（02）2249-7714
傳真／（02）2249-8715

Seba・蝴蝶

Seba・蝴蝶